ESSAIS

DE

POÉSIES CATHOLIQUES,

par M. l'abbé Campmas.

PARIS,
Chez **Debécourt**, rue des Saints-Pères, 64;

AGEN,
Chez **Bertrand**, rue Garonne;

Et chez les principaux Libraires des Départements.

1843.

ESSAIS

DE

Poésies Catholiques,

Par M. l'Abbé Campmas.

Hæc autem fratres transfiguravi in me, et Apollo, propter vos. *Ep. ad Cor.* 1-4-6.

J'ai exprimé des sentiments divers; j'ai fait parler le juste malheureux, le pécheur repentant, pour être utile à un plus grand nombre.

16532

AGEN.

IMPRIMERIE DE J.-A. QUILLOT, PLACE PAULIN.

1843.

PRÉFACE.

Dieu ayant créé et réformé le monde par le verbe, a voulu que la parole conduisît l'homme à ses fins. Ce système arrêté ne changera jamais. Aussi tout se fait-il par la parole dans l'Univers, si bien que les dieux du mal, pervers copistes de la Providence, n'ont pas trouvé de plus sûrs moyens de dépraver les hommes que d'opposer langage à langage; ils ont leur poésie et leur éloquence; et si d'un côté les saints discours alimentent la vertu, les discours immoraux de l'autre répandent le vice. Ne doit-on pas opposer une éloquence et une poésie contraires à ces infernaux corrupteurs? Les défenseurs de la vérité peuvent-ils voir froidement des succès si funestes? Les Beaux-Arts, à part le mauvais usage qu'on en fait, ne peuvent donc avoir que deux sortes d'ennemis : les sophistes qui, contre leur conviction, exaltent la stupidité pour faire du bruit, et les esprits bornés qui blâment ce à quoi ils ne peuvent atteindre. Ces derniers, sous le risible prétexte que la vertu est préférable à tout, épaississent l'ignorance en arrêtant les efforts que l'on fait pour agrandir son esprit, comme si ce n'était pas un crime de négliger le talent reçu! Comme si la vertu, fût-elle compatible avec l'indolent mépris des dons du Ciel, n'était pas un instrument inutile sans l'aide de l'intelligence!

Vouloir occuper notre esprit selon leur goût fixe et uniforme et le mesurer à leur moule, c'est un autre travers de ces hommes stationnaires, suffisants dans leurs étroites limites. Comment ne voient-ils pas que Dieu a varié les talents à l'infini? que les plus grands esprits languissent sans vigueur et sans résultat s'ils sont détournés de leur direction naturelle? Etudiez la nature de votre talent, vous qui vous sentez poussés aux grandes choses; soyez ce pourquoi vous avez été faits; si peu que ce soit, il vous sera meilleur devant Dieu d'avoir été cela que de n'avoir été rien.

Tous les hommes exclusifs sont des hommes funestes. Ceux qui sentent le prix des talents vont d'un bond à l'autre excès, et poussent l'estime de l'esprit jusqu'au mépris de la vertu. Dieu dit à ceux-ci : « Qu'il est grand, celui qui a trouvé la sa- » gesse et la science! mais il n'est pas au-dessus de » celui qui craint le Seigneur (1). » L'homme lettré et l'homme vertueux sont égaux en ce point qu'ils ne sont chacun que la moitié d'un homme. Toutefois, les savants vicieux ont ceci au-dessous du juste ignorant, qu'ils sont plus funestes à la société. Encore s'ils se bornaient à se dépraver eux-mêmes! mais le talent de bien parler du vice a une influence universelle. La corruption de notre siècle épouvante; elle ne surprend pas. En peut-il être autrement, quand on voit une foule de beaux esprits corrompus déverser la dépravation sur les peuples? Cette divine poésie, langage sublime, fleur du discours humain, ils en ont fait une prostituée qu'ils promènent en tous lieux pour la ruine

---

(1) Eccli., c. 25, v. 13.

des mœurs. Eh! ils sont approuvés! Eh! on les dévore! O temps dignes d'avoir des pervers pour guides! O lumières de ces temps, dignes d'avoir pour admirateurs des hommes sans vertu!

La corruption des mœurs a corrompu le goût, et ce n'est point sans indignation que l'on voit cette génération pervertie trouver beaux des écrits dissolus qui n'ont d'autre mérite que celui d'exhaler le vice. La littérature de notre beau siècle la fait sommeiller. Elle s'extasie devant ce ridicule romantisme, jargon énigmatique qu'on étudiera dans vingt ans pour le comprendre, comme on étudie les langues orientales. Si quelques grands écrivains de notre époque ont résisté à cette absurde et criminelle manie d'obscurcir les pensées et d'enflammer les passions, tout le reste a préféré une gloire momentanée au devoir; et, par des romans scandaleux, des poésies lassives, ils vont sapant les mœurs et élevant les vices sur les ruines de la vertu. Ils rendent des vices à ceux qui leur donnent des louanges; et l'on ignore qui sont les plus méprisables : ou ceux qui achèvent de pervertir, ou ceux qui louent leurs corrupteurs.

C'est devant cette société frivole et sensuelle que je me présente avec un livre religieusement sérieux. Quelle imprudence! Que c'est peu entendre les intérêts de sa gloire! Il m'était si facile, avec une ame ardente, de me faire une renommée! Je devais enflammer mon cœur du feu des passions, le pénétrer d'amour, le répandre dans des pages brûlantes; des lèvres avides se seraient approchées de ce vase empoisonné; j'aurais été lu, prôné. Il est si facile, d'ailleurs, d'exprimer des sentiments palpables, en ce qu'ils sortent des sens. Ne faut-il pas deux fois plus de talent pour faire aimer la rebutante vertu que pour faire aimer le vice riant et sympathique? La conscience l'a emporté sur l'amour d'une gloire vile. La probité vaut plus que tous les succès, le témoignage du cœur plus que le témoignage du monde; et, dût mon livre n'exciter que d'éternels dédains, je préfère la vertu obscure à une réputation achetée aux dépens du devoir.

J'ai désiré avoir assez de talent pour empêcher les ravages de ces torrents d'iniquités qui sortent de tant de bouches impures; mais les désirs de l'homme vont toujours plus loin que ses facultés. La religion de l'Evangile, si pleine de poésie, faite pour enlever l'enthousiasme dans les nues, a besoin d'un plus beau génie pour exprimer ses infinies grandeurs. Dieu, qui proportionne ses instruments au besoin des époques, ne tardera peut-être pas à le susciter. Toute la société n'est point corrompue; une bonne partie, saine encore, est lasse de cette immorale littérature, aussi dégoûtante à l'ame pudique que méprisable au bon goût. Elle sent le besoin d'une poésie franchement religieuse, où les sens ne soient pas confondus avec l'esprit, le doute avec la foi, l'amour des objets créés avec l'amour divin. Une opposition éternelle sépare l'amour céleste de l'amour frivole et sensuel; c'est d'un très mauvais goût de confondre des principes incompatibles. Les poètes religieux qui ont fait cette concession à la frivolité de leur siècle, l'ont faite aux dépens de leur solide gloire. La religion est un champ immense où peuvent s'exercer tous les plus grands esprits, nés et à naître. Si vastes, si élevés que Dieu puisse les faire, ils n'épuiseront jamais ce trésor de beautés célestes.

J'ai vu la hauteur, mais je n'ai pu l'atteindre. J'ai laissé un grand espace entre le parfait que je me figurais, que je voulais, et l'exécution. D'autres, prenant les mêmes sujets, achèveront ce que je n'ai qu'ébauché. Honteux et chagrin de n'avoir pas aussi bien fait que je l'aurais voulu, pour l'honneur de la Foi et l'utilité des ames graves, peu content de mon travail, je donne à ces poésies religieuses le nom d'*Essais*, qu'elles méritent. Si le besoin piquant de faire un peu de bien n'avait surmonté les craintes de l'amour-propre, jamais je n'eûs mis au jour des ébauches si éloignées du beau que je vois et que d'autres atteindront, si cette voie peut être mise en honneur, et que ce ne soit plus une honte de la fréquenter. Mais comme il est une perfection relative, non-seulement à l'individu, mais à l'âge, si Dieu permettait que mon esprit grandît en vieillissant, peut-être moi-même, avec le secours d'en haut, pourrai-je mieux réussir; d'autant que, laissée jusqu'à ce jour sans conseil, mon intelligence tardive pourra retirer un grand profit des critiques si elles partent de bonnes mains.

Je connais à peu près la destinée de ces essais poétiques. Les impies souriront de dédain. Les ames frivoles les trouveront trop sérieux. Comme elles ne sortent jamais de la basse atmosphère des sens, elles ne s'élèveront point dans les régions supérieures. Tout ce qui n'est point assaisonné de l'amour profane qui les pénètre, les fait mourir d'ennui. Il fallait, pour leur plaire, faire le langoureux, soupirer d'amour, chercher dans l'air quelque voluptueux fantôme. Avec quelle avidité l'on m'aurait suivi après ce vague objet de mes vœux, chimère d'autant plus poétique qu'elle eût

rendu mes chants inintelligibles! L'on s'étonnera
que je ne donne qu'à la vraie divinité le nom de
Dieu, qu'au bonheur céleste le nom de plaisir et
de bonheur. Tout cela est bien insipide à la va-
nité; et, pour plaire au monde, je devais mentir
à ma conscience, au Ciel et à la Terre.

Ceux qui ne comprendront pas le but que je me
propose, savoir : que le remords, le dégoût du
monde, le repentir, surtout le malheur, trouvent
des sentiments qui les soulagent, et que les lec-
teurs, dans ces divers états, se mettant à la place
de l'auteur, se pénètrent des pensées du livre, se
les approprient, le lisent comme s'ils le compo-
saient, trouveront que j'ai trop parlé de moi, soit
en bien, soit en mal, m'accuseront de superbe; et
que sait-on? peut-être ne verront-ils en moi qu'un
pervers. Mais si quelques-unes de ces strophes un
peu fortes servent à quelqu'ame souffrante pour
s'élever à Dieu, désirer le Ciel, détester les plaisirs
des sens, pleurer ses travers, s'attacher à la vertu,
se résigner dans les maux, cette ame comprendra
que cette manière, imitée de David et de tous ceux
qui ont fait des soliloques, n'est pas si absurde, et
que ce qui est utile aux malheureux ne doit nuire
à personne.

Je prie la malveillance de ne pas me croire fron-
deur et haineux, parce que je parle des maux que
causent l'envie, l'ignorance, la prévention, et
quelquefois la malice. Je parle des maux de la
société, comme en parle l'Ecclésiaste, comme
j'en pourrais parler dans tous les siècles, ces
désordres étant de tous les âges et de tous les
lieux. Je proteste contre toute application inju-
rieuse à ceux que je ne veux ni ne dois offenser.

Je dédie mon livre à Dieu, qui m'a soutenu quand les hommes me rebutaient; il est juste de donner le premier fruit à celui à qui l'on doit tout. Puisse-t-il l'agréer comme une expiation et me donner le plaisir si doux de faire quelque bien au monde! Puisse ce livre, après m'avoir coûté des veilles et des fatigues de corps et d'esprit, ne me donner que de la joie, si un livre en a jamais donné, s'il n'est pas dans la nature d'un livre de causer des peines d'autant plus grandes qu'il réussit mieux!!!

ssais

DE

POÉSIES CATHOLIQUES.

L'ESPÉRANCE.

Ce n'est pas toi que va chanter ma lyre,
Pauvre espérance, idole des mortels !
Toi dont l'empire et les autels
Ne sont basés que sur notre délire.
Songe doré d'un pénible sommeil,
Protée aux noires impostures,
Triste rebut des ames sûres,
Des esprits vains, fantastique soleil,
Trompeur attrait, amante parjurée,
Fantôme fugitif devant les bras ouverts,
Buisson ensanglantant sous ta robe azurée,
Tantalique ameçon de l'avide Univers,
Tu n'auras dans mes chants rien qu'un lieu d'infamie,
Le beau lieu que mérite un tyran inhumain,
L'épouse qui trahit sous les dehors d'amie,
Le phaéton du genre humain !

De toi, fille du ciel! dans Eden descendue
Quand le crime eut brisé la coupe du bonheur,
Samaritain pieux de l'humaine douleur,
De toi mon luth résonne au loin dans l'étendue,
De toi, rayon divin sur le front du malheur!

Quand de l'humanité la tête était penchée
Vers l'abîme éternel, Charybde dévorant,
Qu'ivre d'iniquité, de son roc détachée,
Elle allait sept mille ans descendre en tournoyant;
Tu courus, par l'amour à ton ciel arrachée,
Tu courus raffermir l'édifice croulant.
Comme un front tout ridé qu'enflamme la colère,
Comme un regard noirci d'une haine de roi,
Quand le ciel se baissait pour dévorer la terre,
La terre te posant entre elle et cet effroi,
Le ciel se tut, sourit, et Dieu plia sous toi.

Phare du juste, espérance divine!
Bâton du monde voyageur,
Qu'appuyé sur ton bras fièrement l'on chemine,
Sans craindre les revers, les rois, ni la douleur!

L'on vit tes fils faire sécher de rage,
Des tyrans frémissant de voir un saint courage
Braver tout leur pouvoir, effroi des nations.
Ces potentats si hauts, qui tenaient du nuage
Tout le monde courbé sous mille légions,
Ne purent point courber une tête de sage.
En vain les rois l'entouraient de terreurs;
Tu grandis tes héros plus haut que tous les trônes;
L'éclat de leur vertu fit pâlir les couronnes;
Seuls contre l'Univers, armés de leurs grands cœurs,
Ils tombaient morts et demeuraient vainqueurs.

Tu posas ton Noé, comme roi des tempêtes,
Sur le plus haut sommet des airs;
Et, gros des nations, tête de mille têtes,
Il courba l'Océan, ce vieux père des mers,
Qui dans ses bras puissants étouffait l'Univers,
Qui poussait ses conquêtes
Jusques aux Cieux déserts.

Un Abram, voyageur du monde à la patrie
Que ton bras dirigeant lui signalait là-haut,
Regarda le présent comme une rêverie,
Rattacha notre globe à la cité chérie
    Par ses contrats, avec le Dieu Très-Haut.
      Vrai Saturne, il peupla la terre
        De ses fils, demi-dieux ;
        Et dans son sein de père
      Il les replonge dans les Cieux.

Pauvres bannis d'Eden et du cher fruit de vie,
Voyageurs haletants dans cet étroit vallon,
Nous abritons sous toi, sous ta brise chérie,
Un cœur brûlant de feux ! un décoloré front !!
      Tu remplaces les doux ombrages,
        Les pommes d'immortalité,
Le repos de l'esprit, et l'abri des orages.
    Quoique aux prises avec l'adversité,
Nous triomphons par toi des revers et des âges.

    N'est-ce pas toi, lumière de ces lieux,
        N'est-ce pas toi qu'implore
La mère dont le fils brille parmi les dieux ?
Son solitaire cœur attend, brillante aurore,
      Pour l'unir au fils qu'elle adore,
Que ta main de saphir lui vienne ouvrir les Cieux !

Tu veilles au chevet de la vierge pudique,
Tu remplis ses sommeils du songe magnifique
Qui la marie avec un époux éternel ;
Car elle a l'ame fière. Il lui faut des couronnes,
        Et des empires, et des trônes,
        Toute la gloire du Ciel.

Messagère de Dieu, jusqu'où va ton empire !
La fleur de l'Univers, l'élite des humains,
A l'étroit dans le monde, après le Ciel soupire ;
Te cultive, te choie, et te baise les mains !
Les rois, même les rois, quand la fortune adverse
        Du haut orgueil renverse

Leur esprit corrompu par la prospérité,
Du fond de leur néant t'implorent déité !
Et naguère l'on vit un grand briseur de trônes
Des rois berger indompté,
Gras, plein, soûlé de sceptres, de royaumes,
Comme nous autres, hommes,
Te demander la charité.

Mais tu hantes par goût le chaume où la misère
Languit péniblement sur son lit de douleur ;
Le cachot où les fers, comme un pressoir, du cœur
Font du vice poignant sortir l'amour amère.

Quand, sur les échafauds, la mort, la sombre mort,
Prend, pour jeter l'effroi, sa plus noire parure ;
Que son long appareil et son bruyant essor,
Jusqu'en ses fondements ébranlent la nature,
Tu viens aussi, sur tes deux ailes d'or,
Brillante et souriant comme une fiancée,
Soutenir du malheur la pesante pensée ;
Lever ce cœur par la honte abattu ;
Renouer les ressorts de cette ame brisée ;
A l'assassin par le regret battu,
Promettre dans le Ciel le prix de la vertu.

Espoir ! divin espoir !! nécessité du sage ;
Câble jeté du Ciel au terrestre naufrage !
Frais zéphyr embaumé de ce brûlant désert !
Qui souffre dans ces lieux, qui se repent, qui pleure,
Qui ne te voie entrer dans sa triste demeure,
Comme un parfum de Dieu ! douce comme un concert !!

Du monde agonisant tu ramolis la couche ;
La terre de bonheur en te voyant bondit.
Pour ta beauté, rempli d'une haine farouche,
Seul, l'ennemi de Dieu, t'abhorre et te maudit.
Tels sont les réprouvés, horde impie, insolente,
Ecume du monde et du Ciel,
Citoyenne d'Enfer, où la tient frémissante
Du crime savouré le manger éternel.

Telle n'est point l'autre cité voisine,
De ces plages de feu, plaintive pélerine,
Lamentant loin du Ciel son exil passager.
La vertu règne là, sublime, résignée,
Fourbissant son armure un peu trop insoignée
Quand elle sommeillait à l'heure du danger.
L'héroïne parfois négligeait de combattre
Le combat incessant, le combat du Seigneur.
L'ennemi la surprit, l'affaiblit sans l'abattre ;
Quoique vaincu, souilla sa couronne d'honneur.
Le feu dans ces bas lieux est la purge des ames :
Elles laissent au fond, dans le creuset des flammes,
L'alliage léger que n'admet point le Ciel.
Quand leur robe de gloire est enfin sans souillure,
Livrant aux vents du Ciel les deux ailes d'azur,
Chacune vole en Dieu, tournoie en sa nature,
Comme du vrai soleil un satellite pur.

Prisonnières de Dieu, dans vos douleurs amères
Du moins vous possédez ce gage, au cœur bien doux,
Que la vertu, la vie, et l'éternel époux,
Rien vous les ravira, ni la paix, ni les guerres,
Ni le monde imposteur, ni l'infernal courroux!
L'espérance au zénith de vos demeures sombres
Brille comme un soleil qui n'a pas de déclin ;
Son regard de vos fronts sait écarter les ombres,
Et dans vos cœurs souffrants met un calme divin.
Cette aimable vertu, dans ses métamorphoses,
    Se fait remède à chacun de vos maux,
Etend sur vos brasiers une couche de roses,
Et sur vos fronts brûlants la fraîcheur de ses eaux.

Quand ici le remords à la dent vipérine
Ronge en secret un cœur que le crime a trompé ;
Quand, pleurant sa vertu, dans son humeur chagrine,
Un homme de terreur se voit enveloppé ;
Notre commune étoile, à travers ce nuage,
    Glisse en riant son rayon protecteur ;
Démèle par dégrés l'épouvantable orage,
Et l'homme sort de sous le faix de sa douleur,
Comme un roi délivré sort de sous l'esclavage.

L'espérance nous prend au sortir du berceau
Lorsque nous embarquons sur la mer de ce monde,
Elle rompt le cordage et guide le vaisseau,
Elle chasse les vents perturbateurs de l'onde.
Si, malgré ses conseils, prenant les avirons,
Contre le sombre écueil nous brisons le navire,
L'espérance radoube et vient le reconduire,
Le sauve autant de fois que nous le chavirons.

Quand l'implacable mort combat avec la vie
              Pour la dernière fois ;
          · Que l'ame est aux abois,
      De sens en sens jusqu'au cœur poursuivie,
Le désespoir alors, messager de l'Enfer,
              Etend ses bras de fer
Pour porter à satan la tremblante victime ;
Mais l'espérance est là qui terrasse le crime ;
              L'Abîme est confondu,
Et l'ame dans le Ciel entre avec la Vertu.

Espoir ! divin espoir !! mon ancre salutaire
Que dans les rocs des Cieux mes deux bras ont planté,
              Ton assistance tutélaire
          Me fait braver l'Océan irrité !
Que l'aquilon siffle dans les cordages,
Que les flots en tous sens agitent mon vaisseau,
Je tiens par l'espérance aux éternels rivages ;
Tôt ou tard, mon beau Ciel, je boirai de ton eau !

❀

MES VOEUX.

Si j'avais le talent rare,
Pour les nobles et beaux vers,
Qu'à l'audacieux Pindare
Donna le maître des airs,
L'on n'entendrait point ma lyre
D'un conquérant en délire
Chanter les exploits sanglants;
Ni comment, dans la carrière,
Un héros plein de poussière
Guidait ses chevaux fumants.

J'abhorrerais la manie
De ces nouveaux troubadours,
Qui dépravent leur génie
En me vantant les amours :
Comme si je devais mettre
Tout le bonheur de mon être
Dans les plaisirs de mon corps;
Qu'aux vers, qu'à la pourriture,
Je dusse cette nature,
Avant d'être chez les morts.

Mais je chanterais ta gloire,
Monarque éternel des cieux !
Je chanterais ta victoire
Sur l'impie et l'orgueilleux.
Pareille au bruyant tonnerre,
Ma voix, dans toute la terre,
Ferait éclater ta loi :
Comme un violent orage,
J'abattrais sur cette plage
Tout front levé contre toi.

2

Je dévoilerais du vice
L'infamie et le néant.
Bien loin de ce précipice
Tout homme fuirait tremblant.
Je briserais ses idoles ;
Plus fougueux dans mes paroles
Qu'un torrent, venu des monts,
Qui traîne dans les abîmes
Les rocs, les chênes sublimes,
Pêle-mêle, et les maisons.

Par mes hymnes revêtue
De gloire et d'attraits vainqueurs ,
La vertu, si combattue,
N'aurait plus qu'adorateurs.
L'on verrait, dans tout le monde ,
Du péché l'empire immonde
S'écrouler avec fracas.
La loi du fils de Marie
Serait la charte chérie
Des princes et des états.

Plus de trames sanguinaires,
Ni d'injuste oppression ;
La vierge des téméraires
Ne craint plus la passion.
Sans défense, l'ame pure.
Sort de sa retraite obscure
Parmi les enfants d'Adam ;
Le monde, sur son passage,
Bat des mains, coupe un feuillage,
Et l'accompagne en chantant.

Mais d'où vient qu'à Babylone,
Les cris impurs sont cessés ?
Que son temple ne résonne
Que de cantiques sacrés ?
La délirante Sodome
Embrasse du fils de l'homme
La morale et la vertu ;
Du pécheur l'ame épurée
Se tourne vers l'empyrée :
Ma voix sainte a tout vaincu.

Mais, non, Seigneur, je m'égare,
Séduit par mon cœur pieux;
Quand je serais un Pindare,
L'homme aimerait d'autres Dieux.
Pour dissiper nos ténèbres,
Tu vins dans ces lieux funèbres,
Comme le voulait Platon.
Quand on maudit ton aurore,
Qui peut espérer encore
De rendre le monde bon?

Ta parole enchanteresse
Charmait les affreux déserts;
L'ange épris de ta sagesse
S'inclinait du haut des airs.
Tu réalisas la fable,
Lorsque ton aspect aimable
Fit tressaillir le rocher.
Mais, hélas! l'homme est si brute
Que la vertu le rebute,
Qu'un Dieu ne peut le toucher!

N'importe, il faut que l'on sache
Que dans toi sont les vrais biens;
Qu'heureux est celui qui tâche
De porter tes beaux liens.
Que sert au pécheur farouche
De puiser, à pleine bouche,
Le miel de l'iniquité?
Vite la coupe est tarie;
Il ne reste que la lie,
Qui brûle une éternité.

Mais celui qui de la terre
Sait dégager ses amours,
Qui, dans le fort de la guerre,
En ta puissance a recours;
Il trouve, dans cet asile,
Le repos que l'Evangile
Refuse aux fronts couronnés;
Il résiste, inébranlable,
De l'infortune implacable
A tous les vents déchaînés.

Flambeau des lieux où nous sommes,
Sagesse du roi des cieux,
Le plus beau parmi les hommes,
Le plus grand parmi les Dieux,
Entends celui qui t'implore,
Que l'amour du bien dévore,
Comme moi, dans ce moment;
Donne à ma parole ardente
Cette efficace puissante
Qui fait germer le néant.

GRANDEUR DE DIEU.

Je chante le grand Roi qui lance le tonnerre.
Mon luth, prenons un ton qui soit digne des Cieux.
Dieu gouverne à son gré les peuples de la terre,
Et fait courber des rois le front audacieux.

Que près de sa grandeur ce monde est peu de chose!
Cet être glorieux, que je n'ose nommer,
Devant l'Éternité sur laquelle il repose,
Voit la chaîne des temps, comme une ombre, passer.

C'est cet être infini de qui la voix puissante
A dit, sur le néant, aux globes de courir.
Un jour, à son aspect, la nature tremblante,
Comme un songe au réveil, se doit évanouir.

Lorsque l'iniquité jusqu'au comble est montée,
Il presse les tribus de ses puissantes mains,
Comme les vignerons au déclin de l'année,
Sous le poids des pressoirs écrasent les raisins.

Et quand le char brûlant de son affreux tonnerre,
En rauques roulements se promène dans l'air,
Les timides humains frémissent sur la terre,
Et les monts, en éclats, volent dans le désert.

Devant un bras si fort les plus puissants succombent ;
S'il frappe l'Univers de son sceptre ennemi ,
Sous les débris roulants des empires qui tombent,
Les peuples et les rois , tout se trouve endormi.

Qui ne redoute point vos terribles vengeances ,
Dieu qui tourbillonnez la race des pervers !
Qui , dans le tas pompeux de nos magnificences ,
N'aimez que la vertu , soutien de l'Univers !!

Votre verge , grand Roi , comme un vil troupeau mène
Dans l'aire de la mort les générations ;
Et , réduites en poudre , entre mes doigts sans peine
Je jetterais au vent toutes les nations.

Mais qu'entends-je ? Quels pleurs et quels cris lamentables
Poussent , de toutes parts , les hommes éperdus !!
La trompette a sonné ; ses sons épouvantables
Au fond des monuments viennent d'être entendus.

Contre un monde insolent, vos fureurs allumées
Ne font de l'Univers qu'un monceau de débris.
Par la main de la mort , vos flèches dirigées
Vont frapper, droit au cœur, les peuples ennemis.

Paraissez devant lui , de rois troupeaux stupides !
Du haut sommet des airs, de ce faste élevé
Vous fouliez les humains. Monarques homicides ,
Dieu seul est grand , et vous l'avez bravé !

Sur un nuage assis , entouré de lumière ,
Du chant de vos élus le Ciel retentissant ,
A vos pieds mille rois tremblants dans la poussière ,
En ce jour solennel , que vous paraîtrez grand !

Les îles s'enfuiront pour ne plus reparaître ;
Le monde croulera , les tribus pleureront ;
Les méchants, furieux de trop tard vous connaître ,
Fatigués de vous voir, dans l'abîme fuiront.

Leurs affreux hurlements, de ces cavernes sombres,
Fatigueront sans fin les lugubres échos;
Et les maux éternels, sur ces plaintives ombres,
Rouleront à jamais le torrent de leurs flots.

Vos terreurs m'ont saisi : mon ame est interdite ;
Dans la poudre à vos pieds je me roule tremblant.
Sur ce débris plaintif d'une race maudite,
De l'agneau répandez quelques gouttes de sang !

Aussi bien que j'ai su, j'ai chanté votre gloire !
Triomphez ici-bas, triomphez dans les airs ;
De vos saints transportés, que les chants de victoire
Soient, du matin au soir, redits dans l'Univers !

Au loin, dans l'infini, votre être se prolonge ;
Vous êtes de lumière un abîme sans fond ;
En ces mers de beauté, bienheureux qui se plonge,
Dont le poids des douleurs ne courbe plus le front !

Fatigué de mon vol au séjour du tonnerre,
Brûlant de m'enivrer du bonheur de vos saints,
Je redescends, je vais pratiquer sur la terre
La vertu qui conduit à de si beaux destins.

LE VRAI BONHEUR.

Celui qui sait fouler le monde et ses plaisirs,
S'unir au Dieu vivant que la gloire environne,
Dans les Cieux, à jamais, paré d'une couronne,
Verra de beaux transports remplacer ses soupirs.

De tout objet créé, son ame indépendante,
Maîtresse d'elle-même et de tout l'Univers,
Trouve le vrai bonheur; même dans ces déserts :
La douce paix sera sa ressource constante.

Mais, Dieu! que son bonheur au Ciel sera plus doux!
Quels prodiges nouveaux charmeront sa paupière,
Dans ses noces avec l'auteur de la lumière,
Quand Dieu lui donnera le long baiser d'époux!

Disparaissez, néants, vaines fleurs de la vie,
Miette à mon amour vaste comme les Cieux,
Quand je vous exprimais, pour assouvir mes vœux,
Vous ne donniez que vide à ma soif infinie!

Une heure du Seigneur a comblé mon amour.
Ce grand vide où le monde apparaissait à peine,
Par une goutte d'eau de la haute fontaine,
Le souverain bonheur l'a rempli sans retour.

JÉSUS-CHRIST.

Bienfaiteur des humains, que ta gloire m'enchante !
Le plus grand des héros qu'ici-bas l'on me vante,
Qu'il est auprès de toi ténébreux et petit !!
Ton saint nom est béni du couchant à l'aurore,
Et pour tes dons divins chaque mortel t'honore :
    Seul, le méchant te maudit.

Monstrueux zélateur d'un féroce courage,
Il n'exalte que ceux qui, parmi le ravage,
Par des exploits sanglants, purent se signaler ;
Mais qu'importe ? Malgré tes ennemis farouches,
Ce bas monde, toujours, possédera des bouches
    Heureuses de te chanter.

Tu devais être grand, puisque tant de prophètes,
En des termes si beaux, prédirent tes conquêtes,
Et virent de si loin ton utile flambeau,
Que tant de chants divins, d'anges et de lumières,
En un Ciel éclatant changèrent les misères
    De ton rustique berceau.

Eh ! quand bien tu serais des bas lieux où nous sommes !!!
Tu serais grand toujours entre les plus grands-hommes.
Jamais rien de pareil n'étonna l'Univers.
Mais, lorsqu'au Dieu vivant sans mentir tu t'égales,
Pouvons-nous célébrer tes pompes triomphales
    Par d'assez bruyants concerts ?

Ciel ! où serait sans toi ma race infortunée
Qui , d'un épais bandeau la tête environnée,
En des gouffres profonds se plongeait tour à tour?
Tu remis l'Univers dans sa trace perdue,
Et tu nous vins plus doux qu'une pluie attendue
      Qui tombe au déclin du jour.

Le monde n'était plus qu'une arène effroyable ,
Où l'ardeur des combats, démon impitoyable,
Brisait , comme les flots, les peuples et les rois.
Mais, descendant enfin à travers les nuages ,
Tu dissipas partout la nuit et les orages,
      En montrant ta croix de bois.

Sur le globe, ton nom passa comme un orage
Qui ne laisse après lui que trouble et que ravage.
De débris en tous lieux, je ne vois que monceaux.
Mais c'étaient les débris du vice et des idoles
De tous ces dieux rêvés , sans vie et sans paroles,
      Vils artisans de nos maux.

Pour empêcher le bien que tu vins faire au monde,
Vainement, des méchants la ligue affreuse , immonde ,
Du sang de tes élus la terre ensanglanta.
Tu broyas sous ton char une race si vile,
Et c'est l'unique mal que , de ton Evangile,
      Le grand bienfait nous coûta.

La vertu sur tes pas osa lever la tête :
De son temple détruit tu relevas le faîte ;
Dans chaque peuple elle eut des autels et des chants.
De sa couche de boue heureusement tirée ,
La terre s'étonna de se revoir parée
      Comme dans ses premiers ans.

De leur faîte élevé les vices disparurent,
Dans les antres profonds ensemble ils accoururent
Cacher leur infamie à la face des Cieux,
Et, de ces monstres qui dans l'ombre descendirent,
Par ta croix foudroyés, les plus affreux périrent
      Sous les temples des faux dieux.

S'il ne tenait qu'à toi que les restes du vice
Cédassent à jamais ce monde à la justice,
Grand Dieu ! quel Univers nos yeux verraient briller !
Plus de cris menaçants, ni d'armes sanguinaires.
Le soleil dans son cours n'éclaire que des frères
      Dont le soin est de s'aimer.

Lorsque l'homme n'aurait de loi que l'Evangile,
Le juge pour punir devenant inutile,
A couronner des saints, bornerait son emploi ;
Et les arts de nos maux, fontaine si féconde,
Au solide bonheur pour ramener le monde
      Ne lui vanterait que toi.

Mais qui peut aux méchants faire aimer la sagesse ?
Ils foulent l'indigent dont la vertu les blesse,
Et trouvent dans ses maux un atroce bonheur.
La substance du juste est leur chère pâture.
Ah ! qu'ils tremblent, grand Dieu ! Tu punis sans mesure
      Le détestable oppresseur !

Mais à ton cœur, ami des ames malheureuses,
Les pleurs des criminels sont aussi précieuses.
Eh ! c'est pour toi ce qui redouble mon amour :
Je chante avec transport et bénis dans mes psaumes
Un Dieu qui prend pitié des faiblesses des hommes,
      Et les reçoit au retour.

Quand tu fuis, plein d'horreur, ma jeunesse flétrie,
Que tu livras aux sens ma raison avilie,
Qui n'eût cru comme moi mon malheur accompli ?
Tu revins cependant me rendre à la noblesse,
Tu revins, et mon cœur d'une céleste ivresse
      De nouveau se vit rempli.

Heureux, heureux, grand Dieu ! ceux qui peuvent te plaire ;
Tu règnes dans le Ciel, et le toit solitaire
Où la noble vertu nous cache ses honneurs,
Fuyant du riche impur la profane demeure,
Tu visites le seuil de l'indigent qui pleure
      Pour alléger ses douleurs.

C'est ainsi qu'autrefois un injuste monarque,
Du massacre de Jean portant la fraîche marque,
Ne trouva dans tes yeux que mépris insultants ;
Mais on te vit cent fois dans les places publiques
Ecouter les soupirs des vieux paralytiques,
     Mettre fin à leurs tourments.

Quels rois à tes haut-faits ne portent point envie ?
Un miracle honora chaque instant de ta vie.
Tu naquis, et vécus, et mourus comme un Dieu.
Les maux quittèrent, tous, l'heureuse Galilée ;
Comme au souffle des vents, l'herbe de la vallée
     Se dissémine en tout lieu.

Quand tu manisfestas ta morale divine,
Tu traînas après toi l'entière Palestine,
Changeant en des déserts les villes et les bourgs,
Et d'infirmes guéris, d'avides multitudes,
Ivres de t'écouter au fond des solitudes,
     Restaient, sans manger, trois jours.

Tu couvris de bienfaits ton ingrate patrie,
Tu fus l'espoir du pauvre et de l'ame flétrie ;
Et, quand Jérusalem te reçut triomphant,
Les muets et les morts proclamaient ta puissance !
Une branche à la main, l'aveugle de naissance
     Te précédait en chantant.

Mais ta mort est surtout l'étonnement du sage.
Jamais homme ne vit un semblable courage
De tant d'affreux tourments triompher à la fois.
C'est ton peuple, tu viens soulager sa misère.
N'importe, tu le vis sans haine et sans colère
     Te clouer sur une croix.

Telle on voit la brebis pacifique, innocente,
Se laisser entraîner vers une mort sanglante
Par les cruels, vêtus de sa belle toison.
Aucun d'eux n'a pitié des tourments qu'elle endure,
Et sa chair deviendra leur douce nourriture,
     Son sang leur chère boisson.

Mais tu sus des méchants déjouer la malice ;
Le triomphe du mal le fut de la justice ;
Tu relevas le monde avec toi du tombeau.
Tes clartés en tout lieu vite furent jetées,
Comme on voit briller mieux les flammes agitées
    D'une lampe et d'un flambeau.

On vit languir long-temps le grain de ta doctrine,
Mais à peine ton sang a baigné sa racine,
Son ombrage enchanteur couvre tout l'Univers.
Les dieux, tyrans du monde, auteurs de sa misère,
Au seul bruit de ton nom, des confins de la terre
    Se plongent dans les Enfers.

Lorsqu'un fier conquérant, sous les cendres fumantes,
Des trônes et des rois, des cités opulentes,
Engloutit sans retour vingt peuples innocents.
Pour un extravagant qui chante sa victoire,
Des milliers d'orphelins témoignent que sa gloire
    N'est qu'une gloire de sangs (*).

Tu marchais, précédé de plus nobles alarmes,
Quand tu conquis le monde avec les seules armes
Que l'amour enfonçait au cœur des nations ;
Que, géant indompté, jusqu'aux îles lointaines
Tu volais, accablant mille races hautaines,
    Sous le fardeau de tes dons.

Etrange combattant, du sommet du Calvaire,
Demi-mort, accablé sous ta douleur amère,
Tu vainquis le Très-Haut, et la terre, et l'Enfer !!!
Tu fléchis en souffrant l'implacable droiture
Prête à pulvériser les humains, la nature
    D'un coup de son bras de fer !

(*) Comme on dit dans l'Ecriture : *Vir sanguinum*, homme
des sangs, pour exprimer la pluralité des homicides.

La mort et le péché, ces deux monstres du monde,
Qui mangeaient les tribus, les peuples à la ronde,
Tu les empoisonnas d'une goutte de sang ;
Tu défis en jouant ces deux tyrans des hommes,
Et l'affranchissement des terrestres royaumes,
      Pour toi, fut un jeu d'enfant.

Etayez, fiers démons, votre empire magique ;
Cimentez, cimentez de ce ciment antique,
Des vices, des forfaits, des erreurs, et des rois ;
Menacez l'Éternel de ce superbe faîte :
Tout s'écroule, écrasant votre infernale tête.
      Christ a soufflé de sa croix.

Tu bâtis des débris le Mont, roi de l'orage,
Le vaisseau de transport à l'immortelle plage,
Le pont qui va d'ici jusqu'à l'Eternité.
Nous passons sûrement sur les flots qui bouillonnent ;
En arrivant, deux fois les élus te couronnent
      Père de l'humanité !

Rédempteur des humains, accepte les hommages
Qu'un prêtre, enthousiasmé de tes pompeux ouvrages,
Comme il sait te présente en ses vers chaque jour.
Sois l'orgueil des vieillards comme de la jeunesse,
Et que ton nom béni soit répété sans cesse
      Dans leurs cantiques d'amour !

Qu'ils chantent de concert la pompe de tes fêtes,
Quand, vainqueur de la mort, entouré des prophètes,
Tu volas du Thabor dans ta Jérusalem :
Tu montais rayonnant comme une ardente aurore,
Et les chœurs redisaient sur leur harpe sonore
      Le beau chant de Bethléem.

Sion t'ouvrit gaîment ses augustes portiques :
Tu marquas à tes saints leurs trônes magnifiques,
Et leur montras des Cieux le trésor éternel.
Chacun vit à loisir ta gloire dévoilée,
Et plaignit l'habitant de la triste vallée,
      Mais surtout le criminel.

Tu règnes maintenant sur les saintes collines,
Etincelantes d'or, de lumières divines,
Tu règnes; mais Jacob est en butte à ses maux.
Confonds des Philistins la sanguinaire audace;
De ton Eglise en deuil viens relever la face
      Par cent prodiges nouveaux.

Triomphe des méchants! Et que la terre entière,
Quittant ses vils sentiers, marchant à ta lumière,
Voie arriver la fin de ses calamités!
Triomphe! Et que ton nom seul, demeuré célèbre,
Soit l'unique entretien jusqu'à ton jour funèbre,
      Et des bourgs et des cités!!!

A DEUX SOEURS.

De chastes fleurs couple charmant,
Heureux qui, comme vous, à l'auteur de la vie
D'une beauté sitôt flétrie
Fait le salutaire présent !

La vierge qui dompte ses sens,
Dans son cœur orageux qui sait mettre le calme,
Oh ! mieux que les fiers conquérants
Mérite de porter la palme.

Le beau diadème des rois
Brille moins que son ame pure ;
Elle est plus grande mille fois
Que toute la vaste nature.

Le maître éternel, infini
Peut seul remplir l'ame du juste.
Lève bien haut ta tête auguste,
Toi que le mal n'a point terni !

A LA VERTU.

Désir des cœurs bien nés, honneur de l'ame pure,
O vertu! qui pourrait décrire tes grandeurs!
Par ta main soutenu, fragile créature,
Le juste vit content sous le poids des malheurs.

A chanter de ton nom la douceur et la gloire
D'un cœur qui t'est voué je borne les transports.
Toi seule dureras; et ta noble mémoire
Ne doit point demeurer dans l'empire des morts!

De sa gloire, à grands frais, l'homme élève le faîte;
Comme une tour superbe elle touche les cieux;
Il méprise des ans l'effroyable tempête:
La mort souffle et tout a disparu de mes yeux.

Les trônes, et les rois fiers monarques du monde,
Tout s'écroule frappé de ses pieds insultants;
Et devant elle, un jour, les cieux, la terre et l'onde
Seront comme la poudre à la face des vents.

Par la main du néant nos merveilles frappées
Dans la nuit de l'oubli tombent avec fracas.
En vain l'homme promet la vie à ses pensées:
O ma Vertu, toi seule à jamais brilleras!

3

Les astres, de la nuit si pompeux diadême,
Sont obscurs à côté de ton front radieux.
Pour prix de tes combats, la gloire de Dieu même
Formera ton habit dans la splendeur des cieux.

Heureux! ah! seul heureux le mortel magnanime
Qui ne quitta jamais tes sacrés étendards!
Tu mettras sous ses pieds l'enchantement du crime,
Ses ennemis vaincus fuiront de toutes parts.

De ce triste vallon à la voûte azurée
Le chemin difficile est pour toi bien connu.
A la table de Dieu ta place est assurée;
Ses banquets, ses trésors sont le prix qui t'est dû.

Vertu, fille du ciel, que la belle ame implore,
Que tes chastes beautés m'ont trop tard enchanté!
Maintenant de t'aimer le désir me dévore;
Descends, entends mes vœux, brillante Déité.

Sur ton char de triomphe, à tes côtés assise,
Mon ame des méchants bravera les fureurs.
Contre ton bouclier quel glaive ne se brise?
Du vice et des revers tes efforts sont vainqueurs.

Comme un roc immobile au milieu des orages,
D'un monde d'ennemis tu vois l'acharnement;
Libre comme l'oiseau tu perces les nuages,
Et promènes ton vol au haut du firmament.

Ranime tes accents, lyre mélodieuse!
En louant ce grand nom pourrais-tu te lasser?
Sur les sales plaisirs reste silencieuse;
Il n'est que la vertu qui doive te charmer.

En elle tout est grand, et tout lumière pure;
Le monde est son empire, et son trône le Ciel.
Sous son brillant manteau la vile créature
Paraît comme un soleil aux yeux de l'Eternel.

La perle qui des rois orne la tête altière,
Qu'est-elle au prix d'un cœur de vertu rayonnant?
Ce cœur que l'insensé nomme vile poussière
Du front du Roi des Rois sera le diamant.

Des globes de la nuit la lune environnée
N'est que l'ombre de Dieu couronné de ses saints.
Vertu! noble vertu! pour tant de gloire née,
Conduis-moi loin du vice à de si hauts destins!

A chanter de ton Roi la louange immortelle
De ma course en ces lieux je consacre l'instant;
Lui plaire est mon orgueil, ma fortune éternelle :
Que ne puis-je, à cette heure, expirer en l'aimant!

Que des grands d'ici-bas d'autres chantent la gloire,
De la fange des sens barbouillent leurs accords ;
Qu'en des chants forcenés ils chantent la victoire
D'un conquérant joyeux sur des monceaux de morts;

Pour moi l'unique objet de mes tendres cantiques,
C'est des hommes le Père et le Dieu des vertus.
Attendant qu'introduit dans ses brillants portiques
Je m'unisse aux concerts qui ne finiront plus.

Puissé-je alors, mon Dieu, dans ta magnificence,
Collant sur ton beau front un baiser éternel,
A force de t'aimer contraindre ta clémence,
D'oublier de ton fils le travers criminel !

L'ANNONCIATION.

Loin des hommes pervers, pensive, solitaire,
Plus grande que le monde et petite à ses yeux,
De son cœur virginal au Dieu de ses aïeux
    Marie offrait l'humble prière.
Du salut des humains messager radieux,
    Gabriel, s'élançant des cieux,
    Se prosterne dans la poussière,
Devant ce beau débris de cent rois glorieux,
    Et du Très-Haut la nomme mère.
De l'antique Jessé précieux rejeton,
    Rassure ta gloire tremblante ;
Pour le salut du monde accepte ce beau nom :
    L'humanité reconnaissante
D'un encens éternel t'assurera le don.

    Notre misère est profonde :
    De la terre entends les cris ;
    Vois tous les peuples du monde
    Dans la nuit ensevelis.

    Terre, du Ciel arrosée,
    Donne aux hommes leur sauveur ;
    Et produis, tige sacrée,
    Le fruit sans perdre la fleur.

    Notre misère est profonde :
    De la terre entends les cris ;
    Vois tous les peuples du monde
    Dans la nuit ensevelis.

A la virginité l'attachement sublime
  Entre les cieux et l'abîme
Tint l'univers, un moment, suspendu ;
Mais le Ciel, oubliant notre scélératesse,
Sut tout concilier pour garder sa promesse :
C'est fait ; la Vierge est mère et le Verbe est conçu.

        Tous les enfers tremblent
        Des cris des Titans,
        Leurs temples s'ébranlent
        Jusqu'aux fondements ;
        Pauvre et solitaire,
        La vertu sourit ;
        Dans son sanctuaire
        Le vice pâlit ;
        La mort fait entendre
        Un profond soupir ;
        Jacob, dans sa cendre,
        Frémit de plaisir.

      Que du hautbois et des trompettes
    Le son bruyant résonne dans les airs ;
      Sion, prends tes habits de fêtes ;
Nations, levez-vous, commencez des concerts :
Le fils de l'Eternel, pour calmer nos tempêtes,
      Est descendu dans l'univers.

    Parfais en nous l'œuvre de ton voyage ,
      Planche du monde naufragé,
      Bâton de son pélerinage,
Son avocat près du Père outragé.

    Ta plaidoirie, en traits de sang écrite,
      Mit sans réplique le grand Dieu,
      Rendit la Justice interdite,
La désarma de sa verge de feu.

    Entre ses mains la terre palpitante,
      Depuis Adam mise aux abois,
      Vit du Ciel la face riante
Et respira pour la première fois.

Parfais en nous l'œuvre de ton voyage,
Planche du monde naufragé,
Bâton de son pélerinage,
Son avocat près du Père outragé!

LE VÉRITABLE SAGE.

Le monde est une mer en naufrages féconde
Heureux qui, loin du large au rivage fixé,
Loin des anciens périls goûte une paix profonde,
Réparant son esquif par les vents fracassé;
Tandis qu'en pleine mer l'éternelle tourmente
Engloutit à la fois sous la vague écumante
La barque du pêcheur et le vaisseau des grands;
Voguant timidement tout le long de la plage,
Il recueille en sa nef les débris du naufrage,
Prêts à rentrer au port à l'approche des vents.

Au souvenir amer de sa triste jeunesse,
Que le vice abreuva d'un déluge de pleurs,
Du père des humains il bénit la tendresse
Qui combla sous ses pieds l'abîme des erreurs.
En chantant de son Dieu l'éclatante victoire,
Et de son règne heureux la douceur et la gloire,
Il voit avec amour approcher l'avenir;
Et, lorsque la lumière à ses yeux est ravie,
Il accourt, s'envolant des combats de la vie,
Déposer dans les cieux ses craintes de périr.

C'est ainsi que le juste, au séjour des alarmes,
A l'ombre des vertus goûte un calme profond
Les maux qui des méchants éternisent les larmes
Ne noircissent jamais de nuages son front.
Entre la terre et Dieu, placé sur la coline,
Il voit les flots grondants du monde qu'il domine,
Comme un torrent fangeux passer dans les bas lieux;
Il voit descendre au gouffre, avec les eaux rapides,
Le tourbillon plaintif de ces ames stupides
Qui n'ont jamais levé leurs regards vers les Cieux.

Que servent, répondez, tourbe d'hommes volages,
Les voluptés des sens où la raison s'éteint?
Qu'à vous envelopper de sinistres nuages
Qui cachent à vos yeux le véritable bien.
Dans une affreuse nuit vous traînez l'existence,
Tandis que l'homme pur, qu'ennoblit l'innocence,
Plane avec majesté dans un Ciel radieux.
Pareille à l'aigle ardent, son ame libre et fière
Vogue dans l'Océan de la pure lumière
Où roulent des soleils, le char voluptueux.

Opulente vertu! que ton éclat surpasse
Le faste que l'impie étale en ses salons!
L'on moissonne, en suivant ta lumineuse trace
De la Terre et du Ciel, les plus riches moissons.
Mon ame à te flatter désormais appliquée,
De tout soin criminel enfin désabusée,
D'une tranquille vie achèvera le cours;
Avec le Roi des rois tu nous réconcilie,
Et parmi les grands biens que notre amour envie,
Le plus grand est de plaire à l'auteur de ses jours.

CONTRE LES IMPIES.

Malheureux! vous croyez peut-être ,
Comme l'or abonde chez vous ,
Que du grand Dieu qui vous fit naître
Vous pourrez éviter les coups!
Le long retard de sa vengeance
Est pour vous la grande assurance
De son impuissance à punir ;
Sa bonté vous rend plus féroces ,
Et n'est pour vous., ames atroces ,
Qu'un beau motif de l'avilir.

Son grand nom n'est qu'une risée
Dans la salle de leurs festins ;
Leur table infâme est arrosée
Du sang très pur des orphelins ;
La menace et le sacrilége
Semblent être le privilége
De tous ces hommes animaux ;
Et leurs cœurs, nourris de malice,
Trouvent un horrible délice
Au bruit des pleurs et des sanglots.

S'ils rencontrent une imposture
Pour diffamer l'ami des Cieux ,
Ils chantent ; et leur voix impure
La dissémine en tous les lieux.
La sainte vertu les déchire ;
Trop heureux si de son empire
Ils voyaient le faîte croulant!
Pareils à ces mauvais génies
Qui n'aiment que les infamies,
Les crimes, les larmes, le sang.

La lubricité la plus noire
Est le beau sel de leurs discours.
Les forfaits composent l'histoire
Et l'affreux tableau de leurs jours.
Ils ne nous font aucun mystère
De ce qu'ils aiment l'adultère
Et tous les pensers vicieux;
Et ce qui fait rougir le juste
Est leur honneur le plus auguste,
Leur titre le plus glorieux.

Infâmes! Quoi! du nom de sages
Vous osez encore vous parer?
Sachez que déjà vos ouvrages
En tout lieu vous font abhorrer.
La jeunesse indisciplinée,
A votre école façonnée
A fouler aux pieds la vertu,
Fait pulluler dans tout le monde
Un essaim de crimes immonde
A nos ancêtres inconnu.

Et d'où vient que dans ma patrie
Le sang humain coule à grands flots?
Que la jeune épouse est flétrie
Et le père accablé de maux?
Cet âge, en vertus si stérile,
Mais en grands crimes trop fertile,
N'impute qu'à vous son malheur;
Et les suivants, par des lois sages,
Feront que vos noms, vos ouvrages,
Seront en éternelle horreur.

Toutefois, des âges la haine,
Sachez-le bien, hommes affreux !
Oh! n'est que la moindre des peines
Que vous doit le maître des Cieux.
Car ses vengeances légitimes
Vous puniront de tous les crimes
Commis dans ces jours détestés;
Et la coupe sera remplie
De tous les maux que dans la vie
Sa main vous avait épargnés.

LE CIEL.

O cité du Dieu que j'adore,
Où mes malheurs doivent cesser!
Cité d'une éternelle aurore,
Qui peut dignement te chanter?
Quand du poète-roi la harpe prophétique
Sous mon ardente main vibrerait encor mieux,
Je n'atteindrais jamais ton règne glorieux.
De ton éclat divin mon sublime cantique
Toujours serait plus loin que la terre des Cieux.

Dieu, le Dieu Tout-Puissant, se plaît dans ton enceinte,
Et voit avec amour tes sacrés monuments;
Il chasse à l'infini le tumulte et la crainte,
Sur toi de voluptés épanche des torrents.

En toi tout est vivant : parvis, faîte, murailles;
Un cantique éternel surgit de toutes parts;
Car les saints qu'on honore après leurs funérailles
Sont les pierres de tes remparts;
Le créateur de toute la nature
A dirigé ta brillante structure,
Pesant, pour à chacun donner son rang heureux
Dans les élus d'ici la vertu la plus pure,
Et l'éclat le plus grand dans les élus des cieux.

Voilà, voilà le jaspe et le saphire
Que Jean, dans son mystérieux délire,
Vit partout, avec l'or, étinceler en toi;
Chaque ange, chaque saint est une douce lyre
Qui chante avec transport la gloire de ton Roi.

Monarque fortuné d'une telle demeure,
Grand Dieu. qui me créas pour ton royaume heureux,
A mon cœur gémissant qu'il tarde que je meure
    Pour voir de près ce grand front radieux!

Qu'il me tarde de voir ces têtes couronnées
Et ces trônes autour de ton trône brillants,
Ces faces de vieillards devant toi prosternées,
    Les chérubins inclinés et tremblants!

Dans l'espace enflammé des clartés éternelles
    Ton trône d'or est suspendu,
    Lieux ardents d'où l'être est répandu,
Et d'où la vie étend ses vagues immortelles.

    Comme le fer rougi dans le fourneau,
Ainsi sont les héros imprégnés de ta gloire;
Ton essence pénètre en leur vaste mémoire
Comme une éponge boit l'eau pure du ruisseau.

    Heureux dans leur triste carrière,
Les hommes ici-bas par tes rayons conduits,
    Et qui, marchant à ta lumière,
Evitent les périls de leurs fatales nuits!

Mais plus heureuse, hélas! l'ame prédestinée
    Dont ta main a séché les pleurs,
    Et qui se voit environnée
    De l'habit blanc de tes splendeurs!

En cercle près du trône avec ordre rangées
Je les vois, des héros les nombreuses tribus;
Des couronnes de gloire à chacun sont données
    Selon l'éclat de ses vertus.

Tu brilles au milieu de ces ames brillantes,
    Comme parmi les étoiles tremblantes
    Brille l'étoile du matin;
    Ta belle cour te voit dans l'étendue
    Comme une lampe suspendue
    Dans une salle de festin.

Quel empressement à ta table !
Quel rayon de bonheur couronne tous les fronts !
Ta lumière, en leur coupe aimable,
Est leur breuvage inépuisable,
Et de leur luth divin éternise les sons.

O cité du Dieu que j'adore,
Où mes malheurs doivent cesser !
Cité d'une éternelle aurore,
Qui peut dignement te chanter ?

Qui me dira la multitude
Des esprits lumineux créés avant les temps,
Qui, pleins de sa béatitude,
Sont dans l'être de Dieu sans cesse voltigeants,
Ainsi que nous voyons l'amoureuse hirondelle
Dans l'abîme de l'air tournoyant sur son aile
Aux jours suaves du printemps ?

Mais que dirai-je de ta gloire,
Reine de ces monts éternels ?
Le Ciel proclame ta victoire,
Et d'un encens très pur fait fumer tes autels.

D'une souche antique et royale
Tu fus le plus beau rejeton ;
Et ta fraîcheur n'eut point d'égale
Entre les plus beaux lys de ce riant vallon.

Mais dans les cieux, que ta lumière
En des rayons plus purs, éclate maintenant !
De ces lieux, après Dieu, Vierge au monde si chère,
Tu fais le plus bel ornement !

Je te vois, je te vois sous ces voûtes dorées,
Des vierges de l'agneau dans les saintes vallées
Guider les chants et les pas ;
Vous semblez rechercher les routes solitaires
Qui sauvèrent jadis des mains des téméraires
Vos angéliques appas.

Quand dans le sein des nuits la lune étincelante
Guide avec majesté la marche ravissante
      Des globes radieux,
Je rappelle ton nom, femme miraculeuse;
L'Univers bat des mains et te proclame heureuse
      Sur la terre et dans les Cieux.

O fille de David! du Roi des rois chérie!
Regarde avec amour ton ancienne patrie,
      Que désolent tes douleurs.
Tu fus nôtre; secours la terre qui t'implore,
Vole des monts et viens, comme une douce aurore,
      Terminer nos longs malheurs.

Règne, chaste beauté! règne sur ces royaumes
Où sur des trônes d'or brillent les vrais héros!
Leur chemin fut long-temps traversé par les hommes!
Les ennemis du bien les couvrirent de maux.
A jamais maintenant libres de ces assauts,
Leur travail est d'aimer, de chanter dans leurs psaumes
      L'aimable auteur de leur repos.

      Des élus charmant délire!
O divine harmonie! ô suaves concerts!
Si du Ciel quelque son résonnait dans ma lyre
      Je ravirais l'Univers.

Gloire à toi! disent-ils, gloire dans tous les âges,
      Soleil d'un lever éternel!
Ce royaume toujours de tant de beaux ouvrages
      Sera le chef-d'œuvre immortel.

      C'est ici que tes louanges
        Ne finiront jamais;
      Qu'entre les mains des anges
      L'aloès sans mélanges
      Brûlera désormais.

Achève, Dieu puissant, achève ta victoire;
      Brise le front de l'orgueilleux;
A nos frères lointains manifeste ta gloire,
Complète ton festin et nos concerts joyeux.

Mais qu'as-tu bégayé , poète téméraire ?
Que sont les beaux accords des lyres de la terre ?
Rien auprès des concerts de par-delà les temps.
Ils passent, les concerts de la nature entière ,
Comme passe un hibou, le chantre du printemps.

Moment délicieux! ô jour plein d'allégresse ,
   Mon créateur , où je verrai ton front !
   Que , m'unissant aux chantres de ton nom ,
Je pourrai de mes vœux t'exprimer la tendresse !
Tout chez nous est néant et mensonges affreux ;
Nos plaisirs si vantés sont des maux rigoureux.
C'est là-haut qu'est la joie exempte de tristesse ,
Que les cœurs , sans mentir , prennent le nom d'heureux.

De ces murs enchantés portière incorruptible ,
La vertu jadis eut à se plaindre de moi ;
Maintenant que j'observe et célèbre sa loi ,
   O Dieu ! qu'elle me soit paisible
   Et m'introduise devant toi !

Un siècle à te chanter comme une heure s'écoule ;
Ton regard est plus doux que les rayons du soir.
De ton front lumineux que je brûle de voir !
Un torrent de bonheur dans les ames découle.
   La bienheureuse éternité
  A chaque instant leur est toute donnée ;
   Et leur soif pour la vérité ,
Renaissante toujours , est toujours appaisée.

De ces vastes esprits, en habile artisan ,
Opulent libéral , vous dilatez l'entrée ,
Afin de soulager votre sein bienfaisant
En débordant en eux à digue soulevée !

Comme on voit, l'Amazone, au temps des grandes eaux,
Couvrir les vastes champs de l'aride Amérique ;
La souveraine vie engloutit sous ses flots
Des saints prédestinés l'avide république.

La paix, et la science, et la Gloire, et l'amour,
Ces immenses besoins qui désolent la terre ,

Dans leurs cœurs satisfaits séjournent sans retour.
Tout ce que nous voyons ici-bas en mystère,
D'un regard éternel ils le voient dans son jour.

Tout ce qui charme ici la triste humaine vie
Est le moindre de biens de ce fortuné lieu.
Pour objet amoureux, pour trône, pour patrie,
Pour éternel flatteur, les justes ont le Dieu.

Parfois, l'européen, préférant le savoir
A l'épouse, aux enfants, à l'amour de la vie,
    Rompt les liens de la patrie.
En des pays lointains, emporté par l'espoir,
Va demander à la nature amie,
D'assouvir son besoin de connaître et de voir.
Sur un traîneau de fer, attelé de deux rennes,
Il monte lentement sur les polaires monts,
    Séculaires glaçons,
Cordelières de neige et dédaigneuses reines
Des déluges du Ciel, des vents et des rayons.
Plus il monte pensif la région aride,
    Attiré par l'aimant avide,
    Fascinateur dans ces sauvages lieux,
    Et plus devient l'ascension rapide
    Jusqu'à l'instant qu'emporté dans le vide,
    Dans le pôle victorieux
Disparaît à jamais le savant intrépide.

Ainsi, le juste, après la fatigue et les pleurs,
Quand devant ses regards tombe la toile obscure,
Qu'il respire du Ciel les suaves odeurs,
S'enfonce en Dieu pôle de l'ame pure.
Son esprit, son amour, le tout est absorbé
Par le souverain bien de qui l'être découle.
Quand tous les biens finis, brillants de volupté;
Quand les beautés de chair l'entoureraient en foule,
Son regard de les voir n'a plus la liberté.

Du Verbe-chair, complément admirable,
    Greffes entés sur son corps adorable,
Tous les saints avec lui s'assaient au cœur de Dieu,

Trône unique du Ciel, fond de la mer de feu,
Centre du pur amour, de la gloire ineffable
Qui remplit l'infini sans occuper de lieu.

Pére, Esprit, Fils, élus, en unité parfaite,
N'ont tous qu'un seul vouloir, comme ils n'ont qu'une tête :
L'Être qui se répand dans cet immense tout,
La raison qui l'inonde et qui filtre partout.
Ils aiment en commun, en commun ils haïssent ;
A la règle éternelle ensemble ils obéissent,
En rebutant sans fin les esprits dévoyés,
Qu'au bout de l'infini la justice a noyés.

  L'Eternel, règle des essences,
   A son bras gauche et son bras droit :
Il caresse du droit les célestes puissances,
Et les mortels soumis à l'inflexible droit,
   Code des intelligences ;
  Il écrase du gauche, au pavé de l'Enfer,
   Là rébellion éternelle ;
Et, cramponnés au mal, les fils de Lucifer,
A jamais orgueilleux, race impie et cruelle,
   Sentiront, enclume immortelle,
   Ce bras-marteau, sceptre de fer
D'un empire aussi long que le crime est amer.
Les élus pèseront sur ce bras efficace,
Etouffant, sans pitié, fils, père, tendre époux,
La nature est sans voix où dominent la grâce
Du bien contre le mal l'invincible courroux.
Nous verrons de nos yeux, prodige de justice !
La tendre Sémida, sans regret dans le Ciel,
D'un scélérat amant applaudir le supplice,
Plus que tous les démons frapper Idaméel.

O noces de l'Agneau, pure et brillante fête !
Où seuls sont introduits les fils de la vertu ;
D'où le terrestre immonde est à jamais exclu ;
Dont l'Eternel est prêtre et l'Ange l'interprète
Les paranymphes sont les astres du matin,
Ces soleils primitifs à la vaste pensée ;
Le nouveau Ciel sera l'orchestre du festin,
Et la famille Adam l'heureuse fiancée !

4

O noces de l'Agneau, sabbat de l'Univers!
Salut !!! Puisse l'erreur ne troubler tes concerts!
Un seul époux suffit dans la cité bénie :
Il absorbe l'amour de l'ame et du génie.
Tous s'entr'aimant en lui, tous n'aiment que lui seul ,
Voluptueuse couche et nuptial linceul.
Oui, l'infini suffit à chacune des ames ;
Il n'appartient qu'à vous d'avoir plus d'un amour,
Vous qui, le souverain, des raisons le vrai jour,
Vous donnez tout à tous sans attiédir vos flammes !
Unique époux des Cieux, insatiable amant,
Qu'il en faut à ton cœur, des épouses! Mais belles !!
Tu cours le monde avec tes ministres fidèles
Pour d'aimables beautés remplir le firmament.
Tu prends sous les haillons, mais tu dotes, tu pares ;
Et, par l'or le plus pur, les rubis les plus rares ,
Tu rends la pauvre digne et du trône des Cieux ,
Et des baisers riants, tels qu'en donnent les dieux !
Brillantes de vertus, entrez, blanches colombes !
Complétez le festin, dédaigné des titans
Lorsque de ces pervers les menaçantes trombes ,
Sous les foudres du Ciel roulaient dans les étangs ,
Avec un art divin en une Eve bâties ,
Contentez à jamais votre Adam éternel !
Du Très-Haut les amours sont enfin assouvies ;
Il brise la nature et ferme à clé le Ciel ,
Et scelle les damnés au séjour des furies ;
Et tout demeure ainsi jusqu'à l'Eternité ,
Comme il l'avait prédit au livre-vérité (*).

(*) Ceux qui ont lu la divine épopée qui suppose des espè-
ces de mariage dans le Ciel, et une rédemption dans l'Enfer,
éternel selon la foi, verront que je combats en passant cette
fausse doctrine dont peuvent abuser les insensés. Cela entrait
dans mon devoir de catholique. Quant aux intentions, aux
sublimes talents du poète, au grand mérite du poème, catholique sous tant d'autres rapports, tout cela est très estimé dans
mon cœur.

DIEU TERRIBLE ET AIMABLE.

Qu'on est heureux de savoir dire
A son ami ses sentiments !
Anges, prêtez-moi votre lyre
Pour exprimer mes vœux ardents.
C'est à l'auteur saint de ma vie
Que vont s'adresser mes transports.
Que ma résonnante harmonie
Egale vos divins accords.

Dieu ! tes grandeurs sont étendues
Bien au-delà des vastes mers.
C'est toi qui, d'un manteau de nues,
Enveloppes cet Univers.
Dans l'air tu guides les orages,
Comme un homme guide son char ;
Et, pour inonder ses rivages,
La mer n'attend que ton regard.

Les champs te doivent leur verdure
Et les collines leur moisson.
Du lis la riante parure
Est un hommage à ton doux nom.
Tu donnes à la belle aurore
Cet éclat qui charme nos yeux.
Le calme des nuits est encore
Un présent descendu des Cieux.

Lorsque la terre est ébranlée
Par les secousses de ton bras,
Les monts roulent dans la vallée;
Le trône tombe avec fracas.
Je ne vois que villes fumantes
Et que ruisseaux de sang humain,
Qui prouvent aux races tremblantes
Qu'on ne t'irrite pas en vain.

Mais ta fureur n'est pas durable :
C'est un orage passager.
Tu reviens doux et plus aimable
Que le calme après le danger.
Dur à regret, souvent à l'homme
Tu fais du bien contre ses vœux;
Et tu promets à cet atome,
Pour chaque pleur, mille ans heureux.

Au Ciel ! qui peut dire le nombre
Des prodiges qui sont en toi?
Ton trône n'est qu'une nuit sombre
Qu'entoure l'horreur et l'effroi ;
Tu reposes sur les tempêtes
Les éclairs, les feux dévorants.
Les élus se voilent les têtes,
Tous les dieux s'inclinent tremblants.

Mais, Dieu brillant, de ta lumière
Puis-je taire les beaux rayons?
Qu'est-ce qui charme ma paupière
Et qui décore nos vallons?
C'est toi qui revêts la nature
Des tendres clartés du matin,
Et qui descends dans l'ame pure
Tel que te voit le Chérubin.

J'aime à célébrer ta vengeance
Sur le troupeau des vils mortels,
Lorsqu'ils ont lassé ta clémence
A force d'être criminels.
Alors, ivre de ta victoire,
Emporté par mes nobles feux,
Mes chants sont dignes de ta gloire,
Dignes de nos lointains neveux.

Mais que je sens de plus doux charmes,
Lorsque, touché de nos malheurs,
Tu viens terminer nos alarmes,
Tarir la source de nos pleurs !
Que dans ton Eglise exaltée
Nous voyons les peuples courir,
Et que ceux qui l'ont ballottée
Sont les premiers à la bénir !

J'admire ton foudre rapide
Qui, vengeur des iniquités,
Ne fait qu'une mâre fétide
De cinq orgueilleuses cités.
Le flot bouillonnant sur Sodome
Insulte à son mur abattu,
Et sans fin l'écho dit à l'homme :
Crains Dieu, vengeur de la vertu.

Mais quand, sur ce même rivage,
J'entends redire au même écho
Les cris au bruit de ton passage
Des aveugles de Jéricho,
Que ta main ouvre leur paupière,
Qu'ils te précèdent en chantant,
Baume de l'humaine misère,
D'amour alors je suis brûlant.

Ainsi, rempli de ta puissance,
Plus enchanté de ta douceur,
Je te crains ; mais ma confiance
Toujours domine ma terreur.
Mon Dieu ! je t'aime et t'aime encore ;
Je t'aime, et voudrais en ce jour
Aller dans l'éternelle aurore
Noyer mon être dans l'amour !!!

FORCE DE LA CROIX.

Salut, croix vénérable,
Unique espoir du monde criminel!
Par ton bois adorable
Le fils d'Adam, coupable,
Est devenu l'ami de l'Éternel.

Tu parus à la terre
Comme une étoile au sein des tristes nuits;
Dieu, calmant sa colère,
Déposa son tonnerre
Et ne sut plus qu'il nous avait maudits.

Couché dans l'immondice,
Le genre humain dormait parmi les morts;
Mais ta vertu propice
De la couche du vice
Pour le vrai jour réveilla ce grand corps.

En redressant la tête
Il te bénit, salut inattendu;
Poussa des cris de fête
Comme, après la tempête,
Le nautonnier qui s'était cru perdu.

Tant que les nuits livides
Devant leur char dissiperont le jour,
Que leurs ombres timides
Devant les jours perfides,
Pour revenir s'enfuiront à leur tour;

L'on publira ta gloire,
Malgré l'impie et les cris du méchant;
Et les chants de victoire,
Redits à ta mémoire,
Retentiront de l'aurore au couchant.

L'Enfer a ta racine
Le firmament ton sommet radieux.
Le sceptre qui domine
S'avilit et s'incline
A ton aspect, autrefois odieux.

Tu domptes les orages
Comme un écueil au sein des vastes mers ;
Tu chasses les nuages
Et traverses les âges
En ravissant ses fleurs à l'Univers.

Je vis frémir la race
Des libertins acharnés contre toi ;
Leur ridicule audace
Prodiguait la menace
Contre le Christ, qui les remplit d'effroi.

Mais, debout sur leur tombe,
Tu vois leurs os voler au gré des vents :
L'empire ici-bas tombe,
Toute chose succombe,
Tu rajeunis sur les débris des temps.

Pour perdre ton ouvrage
Qu'est, mon grand Dieu, le monde libertin ?
Ce menaçant orage,
Cette ligue sauvage
N'est qu'un cristal lancé contre l'airain.

Par ta main soutenue,
La Croix vivra plus que tout l'univers ;
De l'astre et de la nue
La fin sera venue
Qu'un bois sacré brillera dans les airs.

Frémis, ô monde impie !
Frémis alors, car tu verras trop tard
Qu'un signe de folie,
Où nous trouvons la vie,
Est du Très-Haut la lance et l'étendard !

LE VÉRITABLE AMOUR DE LA CROIX.

Aux volontés de Dieu, salutaires et pures,
Immoler sans pitié les penchants les plus doux;
Dans son cœur étouffer avec un saint courroux
    L'attrait riant des créatures.

Par la raison, la foi, sous le joug du Sauveur,
Brider des sens mutins les volontés trompeuses,
Posséder dans l'oubli nos ames radieuses,
    C'est à la Croix donner son cœur.

C'est à la chair, hélas! que tout s'immole:
La raison, le salut, le Christ qui nous fait rois;
Objets de notre amour, ah! nous aimons la croix,
    Mais en grimaces, en parole.

LE JUSTE.

Heureux, mon Dieu, celui qui t'aime ;
Qui, des faux biens désenchanté,
Met à se maîtriser soi-même
Son honneur et sa volupté ;
Qui, libre des choses présentes,
Peut consoler ses jours mortels
Par l'espoir des scènes brillantes
De tes royaumes éternels.

Qui, suivant de ton Evangile
Le solitaire et beau sentier,
Brise comme une herbe inutile
Les dards perçants du monde entier ;
Enfin qui toujours te contemple,
Et, malgré les cris des pervers,
Dans son cœur, qui te sert de temple,
T'offre mille divins concerts !

Rien en ce bas monde n'égale
Son zèle contre le méchant.
Il soutient ceux que la cabale
Est prête à réduire au néant.
L'ame basse de l'hypocrite
Se déconcerte à son aspect,
Et la multitude interdite
Baise la poudre par respect.

J'ai vu dans la place publique
S'incliner le chef des tribus
A l'aspect d'un homme rustique,
Mais éclatant par ses vertus;
Ainsi, celui que tu couronnes
Du diadème de tes saints,
Est plus brillant que tous les trônes,
Et les superbes souverains.

Mais cette gloire dont l'entoure
L'accomplissement de ta loi,
Des biens que le juste savoure
Est le moins digne de sa foi;
Le seul qui flatte son courage,
C'est d'être pur dans ce bas lieu,
D'attendre un Ciel pour héritage,
Et pour frère d'avoir un Dieu.

L'aspect brillant de la nature,
Faible image de ta splendeur,
Lui fait fouler la créature
Pour s'attacher à ta grandeur;
Et si parfois je le vois sombre,
Lever son regard agité,
C'est qu'il lui tarde de fuir l'ombre
Pour voir enfin ta vérité.

Les coups subits de l'infortune
L'élèvent, loin de l'abaisser;
Ce qui flétrit l'ame commune
Sert au juste pour s'illustrer.
Il ne craint que l'amour honteuse
Des vils plaisirs, des faux brillants,
La bassesse la plus affreuse,
C'est pour lui de s'unir aux sens.

Mais, soutenu par ta puissance,
Repoussant le monde enchanteur,
Il vit toujours en ta présence
Et sur le trône de son cœur.
C'est ainsi qu'il traverse l'onde,
Comme l'arche d'un fameux saint;
Autour de lui l'orage gronde,
Tout est paisible dans son sein.

Mais le ciel s'ouvre! l'homme juste
A pris son rang auprès de toi;
Tu pares sa personne auguste
Des marques de prêtre et de roi.
Je vois son heureuse surprise
D'apercevoir tant de beauté;
Il puise l'eau qui divinise
Et s'assied pour l'éternité!

Que je vive, comme le sage,
Pour partager son avenir!
Mon ame éloigne ton passage
Du monde qui veut t'avilir.
Un jour Dieu sera ta couronne,
Ta robe blanche et ton festin;
Mon cœur lui servira de trône,
Et ce beau jour sera demain!

LE JUGEMENT UNIVERSEL.

LE POËTE.

Ange du Ciel ! toi qui, présidant à ma lyre,
Lui fais mépriser tout, hors la saine raison,
Qui, par les chants pieux que mon ame soupire,
Répares les erreurs de ma jeune saison,
De ce monde croulant chante-moi le naufrage,
Lorsque le Créateur, lassé de son ouvrage,
Livrera ce navire au vent de sa fureur ;
Dans l'espace désert, devant sa Croix foulée,
Des peuples et des rois qu'appelant l'assemblée,
L'on n'ouïra que cris de triomphe ou d'horreur !

L'ANGE.

Que celui qui du vice embrassa la bannière,
Du vice jusqu'au bout parcoure le chemin ;
Qu'au flambeau de la foi, dans son cœur solitaire,
Le juste du péché détruise le venin ;
Chacun va recevoir sa juste récompense,
Et le grand jour de Dieu, comme un filet immense,
Dans ses divers sentiers surprend tout l'Univers.
Le Ciel lance des feux sur la terre tremblante ;
Le plus hardi frémit aux sons pleins d'épouvante
Des tonnerres, unis au tumulte des mers.

Dieu prend les nations comme une argile vaine,
Et, les entre-choquant, les brise avec fracas ;
Le globe entier n'est plus qu'une sanglante arène
Où les frères entr'eux se livrent des combats.
De corps et de débris les plaines sont comblées ;
Mille fleuves de sang inondent les vallées,
Le champ de l'air mugit d'horribles hurlements ;
La famine détruit ce qu'épargne la guerre,
Et les vieillards sauvés dans les creux de la terre,
Vivants, sont engloutis par d'affreux tremblements.

La peste, s'unissant aux démons des batailles,
Change en mornes déserts les superbes cités ;
Les rois et les tribuns, privés de funérailles,
Aux oiseaux dévorants s'offrent de tous côtés.
A ces sanglants objets quel grand cœur ne frissonne ?
Le convive joyeux jette au loin sa couronne,
Le nouveau fiancé prend un habit de deuil.
Parmi tant de malheurs le criminel farouche
Est le seul qui blasphème encore dans sa bouche,
Et se cramponne au mal aux portes du cercueil.

Jour de calamités, ô jour épouvantable !
Heureux qui, sommeillant à côté des aïeux,
Ne sera pas témoin de la chute effroyable
De cent mille soleils croulant dans ces bas lieux,
Dont les yeux ne verront ni prodige, ni foudre,
Ni globes teints de sang, ni terre mise en poudre,
Ni calice de maux par nos mains répandus !
Et qui, sourd aux clameurs des premières tempêtes,
Ne quittera sa nuit que pour les belles fêtes
Que notre Dieu puissant prépare à ses élus !

Mais ces commencements des angoisses des hommes
Ne sont rien, comparés aux malheurs à venir ;
Le firmament n'est plus, il n'est plus de royaumes,
Et les élus ont fui pour ne point revenir.
Du sein des monuments les races évoquées,
Et pour le jour terrible ensemble convoquées,
Se pressent au vallon des bouts de l'Univers ;
Point de rois ; tout est peuple en cette foule immense ;
Elle tremble long-temps en un morne silence ;
Mais, ô cris de douleur ! Dieu paraît dans les airs.

Nul signe n'annonçait cette prompte venue ;
Il vient comme un éclair du haut de l'Orient.
Le feu sort en grondant de son trône de nue,
Mille et mille anges purs le portent en chantant :
Passez au côté droit, dit-il aux ames saintes ;
A la gloire, aux beautés sur mon visage empreintes,
Figurez-vous l'éclat de mon royaume heureux.
Du pauvre abandonné vous séchâtes les larmes,
De l'argent mal acquis vous foulâtes les charmes,
Et votre Dieu toujours fut l'objet de vos vœux.

Venez donc contempler mon éternelle gloire,
Et bénir mon saint nom sans terreur désormais ;
Soyez rois, soyez Dieux, que dans votre mémoire
Vos anciennes douleurs périssent à jamais ;
La paix et le bonheur sont l'eau de mes fontaines,
Ma cité ne connaît ni tumulte ni peines,
Ma lumière sera votre pain enchanté ;
Sur ce trône montez, et prenant une lyre,
Aimez Dieu, qui vous aime, et dans un saint délire
Chantez votre bonheur durant l'éternité.

Et vous, d'êtres souillés amas épouvantable,
De ce que j'abhorrais si zélés défenseurs,
A qui l'iniquité fut un bien préférable
Aux biens de la vertu mêlés de quelques pleurs ;
Allez, allez pleurer au gouffre des tempêtes
Le malheur éternel d'être exclus de mes fêtes,
Et maudire dans moi l'unique bien restant.
Pour venger mon grand nom de tant de sots blasphèmes,
J'ai long-temps retenu mes justes anathèmes,
Mais mon tour est enfin venu d'être méchant.

Rois, peuples, nations, d'où viennent ce silence,
Et de vos corps roulants les cheveux arrachés ?
Où sont donc votre orgueil, votre ancienne arrogance,
Ces insolents regards sur le Ciel attachés ?
Lorsque ma main, brisait la cime des montagnes,
Faisait surgir des monts dans les basses campagnes,
Pouviez-vous à ces coups ne pas craindre mon nom ?
Mais ma main brise aussi la hauteur des royaumes ;
Dieu seul est grand ! c'est lui qui fait mourir les hommes
Et qui vous va, méchants, réduire à la raison.

Vous ne voulez pas voir ma présence importune,
Et moi je fais durer mon aspect glorieux
Afin que son regret double votre infortune
Et le poids éternel de vos maux odieux.
Etres infortunés! race autrefois si chère!
Comment avez-vous pu rejeter votre père
Et de mon peuple ainsi me ravir la moitié?
Mais je ne trouve en vous que des scélératesses;
Vainement dans mon cœur je cherche des tendresses,
Et ma colère au feu vous livre sans pitié.

A ces mots, des humains quel horrible partage!
Quelle descente affreuse! Ah! quel vol triomphant!
O cantiques divins! ô voix pleines de rage!
O cité radieuse! ô gouffre dévorant!
Eternel habitant des cavernes fumantes,
Le damné traîne au sein des flammes dévorantes
D'inutiles remords les cent mille poignards,
Tandis que les élus, la tête couronnée,
Savourent dans le Ciel la belle destinée
D'éterniser sur Dieu leurs amoureux regards.

CONTRE LES AMOURS ILLÉGITIMES.

Qu'un autre chante vos faux charmes,
Orgueilleuses, frêles beautés,
Cause d'éternelles alarmes,
Tyrans des cœurs par vous domptés !
Libre enfin des larmes impures,
Des soins cruels et des tortures
Dont votre amour me satura,
A votre amorce dégradante
Je voue une haine brûlante,
Que la sagesse m'inspira.

Des feux les plus illégitimes
Vous consumez les vils mortels ;
Les crimes noirs sont les victimes
Qu'on immole sur vos autels ;
Pour une légitime flamme
Que votre aspect jette dans l'ame
Chère au maître de l'Univers,
Mille ames de fange pétries
Ressemblent aux tiges flétries
Que rongent la rouille et les vers.

Dans quel gouffre d'ignominie
Plongez-vous vos adorateurs ?
Quelle vertu n'ont point ternie
Vos artifices séducteurs ?
Rivales du Dieu du tonnerre,
Jusques à quand de cette terre
Oserez-vous ravir l'encens ?
Jusques à quand, aux plus grands hommes,
Ferez-vous croire que nous sommes
Créés pour l'empire des sens ?

Mais non, vile idole insensée,
Vainement tu veux m'éblouir ;
Mon ame, enfin désabusée,
Sait comment d'elle il faut jouir.
Que les amis de la bassesse
Ne voient en eux d'autre noblesse
Que les transports voluptueux ;
L'homme digne du nom de Sage
Réserve pour un autre usage
Son corps chaste et majestueux.

De l'Eternel être le temple,
Du juste voilà le destin ;
Dans son grand cœur il le contemple !
Le bénit du soir au matin.
Jusqu'au séjour de la lumière
Son ame, vigoureuse et fière,
Porte son vol indépendant,
Tandis qu'au fond de la vallée
L'infâme tourbe désolée
Patauge en la chair et le sang.

Quoi ! vous pourrez me faire croire,
Hommes sensuels et brutaux,
Qu'il faut borner toute ma gloire
A ressembler aux animaux
Qui, toujours courbés vers la terre,
Vers le puissant Dieu du tonnerre,
N'ont su jamais lever les yeux ;
Pour qui, se vautrer dans l'ordure,
C'est la volupté la plus pure,
Le destin le plus glorieux !

Allez, poètes excécrables,
Aux monstres vendre vos poisons,
Dignes de trouver préférables
A l'Evangile vos leçons !
Pour quelques larmes tôt passées,
De tant d'ames divinisées
Je goûterai le sort brillant.
Vous qui suivez l'instinct des brutes,
Déjà mesurez par vos chutes
L'abîme bas qui vous attend.

5

Qu'on soit esclave d'hyménée
Ou libre de ses saintes lois,
Pour la vertu notre ame est née,
Tout doit obéir à sa voix;
C'est par elle que l'homme avide
Du bonheur, de la paix solide,
Du Ciel trouve le droit sentier;
Et qu'ami de l'auteur de l'Etre,
De soi-même il devient le maître,
Et domine le monde entier.

Dans les régions enflammées
Déjà l'élite des humains
Dans le sein du Dieu des armées
Cueillent la vie à pleines mains;
Et de ces hauteurs ravissantes,
Les phalanges étincelantes
De tant de héros éprouvés
Prisent, comme une chose immonde,
Tous les plaisirs de ce bas monde,
Que vantent les cœurs dépravés.

A LA VERTU.

Noble vertu, toi que je chante
Avant le lever du matin,
Soutiens ma force chancelante
Sous les malheurs et le chagrin.
Tu peux tout, ô fille adorable,
Du Dieu qui fait rouler les Cieux!
Tout cède à ta force indomptable,
Et les titans, même les dieux.

C'est toi qui, parmi les vacarmes
Et les clameurs de ce vallon,
Fais que le juste, sans alarmes,
Elève un intrépide front.
C'est sur tes ailes que son ame,
Quittant la terre en la foulant,
S'élance, comme un trait de flamme,
Bien au-dessus du firmament.

Ma vie un jour fut avilie
Par les vils transports des plaisirs;
A la suite de la folie
Je traînai bas tous mes désirs;
J'ai sali ma belle jeunesse
En cherchant à me rendre heureux,
Et les fruits de tant de bassesse
N'ont été que des maux affreux.

Mais quand de l'impure vallée
Tu retiras mes vœux flétris,
Que mon ame fut consolée !
Oh ! que pour toi je fus épris !
Héros ardent sous ta bannière,
Foulant le monde et ses faux biens,
Je m'élançai dans la carrière,
Léger de mes nouveaux liens.

Le Ciel m'aima parce qu'il aime
Les cœurs nés pour les grands travaux
Qu'il voit parés de ton emblême,
Et résolus à tes assauts.
Il s'inclina jusquà mon être ;
Je fus en Dieu, Dieu fut en moi,
Et je pus encore mieux connaître
Les grands trésors qui sont en toi.

Daigne donc, ô ma bien-aimée !
Persévérant à mes côtés ,
Dissiper la hideuse armée
De mes ennemis indomptés ;
Car dans les périls du jeune âge
Si tu ne sauves mon vaisseau,
Bientôt j'affligerai la plage
Par quelque naufrage nouveau !

Et, puisque dans le haut empire
Des élus tu règles les rangs,
Puisses-tu bientôt y conduire
Le plus zélé de tes enfants !
Ton nom, dès-lors, dans mes cantiques
Plus que jamais éclatera,
Et l'écho saint des hauts portiques
Joyeux long-temps le redira.

LA TENTATION.

Quelle profonde tristesse
Me saisit en ce moment ?
D'où me vient pour la sagesse
Ce dégoût avilissant ?
Vils retours de la nature !
Au même instant que je jure
De mourir pour la vertu,
A la voix douce et tremblante
D'une Vierge confiante,
Je frémis, irrésolu ! !

De ces feux illégitimes,
Grand Dieu ! quel sera le fruit ?
Ne suis-je voué qu'aux crimes
Et qu'aux œuvres de la nuit ?
Levant à peine la tête
Au-dessus de la tempête
Où sans toi j'allais périr,
Dois-je voir un autre orage
Interrompre mon voyage,
Et peut-être m'engloutir ?

Daigne délivrer mon être,
Dieu qui possèdes ma foi,
De ce feu qui me pénètre,
Et qui te déplaît en moi !
Qu'autour de mes sens fragiles
Un essaim d'esprits agiles
Forment un rempart d'airain
Afin qu'au fond de mon ame
L'impur amour de la femme
Ne trouve plus de chemin !

Sans tumulte et sans alarmes,
Ses attraits empoisonneurs,
Comme un sommeil plein de charmes,
Savent glisser dans les cœurs.
Mais quand l'ivresse est finie,
D'une sombre ignominie
L'homme se trouve frappé,
Comme si contre la poudre
Un horrible éclat de foudre
Tout à coup l'avait jeté.

Mais malgré l'horreur qu'inspire
La honte de s'avilir,
J'aime presque le délire
Et l'opprobre du plaisir.
L'amorce voluptueuse
De cette image trompeuse,
Qui me poursuit en tout lieu,
Laisse mon ame insensible
Au malheur cruel, horrible,
De perdre à jamais son Dieu !

De l'enfer l'affreux orage,
Ni les cris des réprouvés,
Ne sont qu'une vaine image
Pour mes esprits énervés ;
De mes sens la voix plus forte
Sur les menaces l'emporte
Et l'horreur de l'avenir ;
Et cette image sanglante
A l'homme ne se présente
Qu'à la suite du plaisir.

Dans cette tempête affreuse,
Qui bouillonne dans mon sein,
Je perds mon étoile heureuse
Et la trace du chemin.
En Dieu je cherche un asile ;
Mais effort trop inutile !
Au lieu de ce grand esprit,
Je ne trouve en ma pensée
Qu'une chimère enchantée
Qui m'entraîne et m'amollit.

Où donc fuir? Que puis-je encore
Contre le vice opposer?
Raison, en vain je déplore
Le malheur de t'outrager!
Dans l'abîme il faut descendre;
Ma force est réduite en cendre
Comme l'herbe dans les fours;
Et dans ma faiblesse extrême,
Pour mieux me perdre moi-même,
Je redoute les secours.

Ah! d'où vient cette lumière
Qui dans moi chasse l'erreur?
Qui délivre ma paupière
De ces fantômes d'horreur?
Je sens l'affreuse tempête
Qui m'avait couvert la tête
Descendre au fond de mes sens;
Et ma raison délivrée
Jette au haut de l'empirée
Ses regards indépendants!

C'est Jésus, c'est sa main pure
Qui sauve ma dignité
De l'opprobre et de l'injure
De la basse volupté.
C'est pour dissiper nos songes,
Nos vices et nos mensonges
Qu'il vient dans ce noir vallon;
J'ai vu fuir leur sombre armée
Comme une épaisse fumée
S'enfuit devant l'aquilon.

Heureux, mon Dieu, qui n'espère
Que dans tes secours puissants!
Il verra de sa prière
Accomplir les vœux ardents.
Souvent tu laisses le juste
En butte à l'attaque injuste
De féroces ennemis;
Mais leurs grands cris de victoire
Sont les signaux de sa gloire
Et de tes secours promis!

Pour moi , qui de tant de crimes
Te dois l'oubli généreux ,
Qui , sans toi , dans les abîmes
Traînerais des jours affreux ,
Je t'immole un sacrifice
De louange et de justice ,
Seul digne de tes grandeurs ;
Puissent mes chants sur la terre
Faire craindre ton tonnerre
Des plus obstinés pécheurs !

Mais , grand Dieu ! rien ne t'honore
Comme un cantique d'amour ,
Sacrifice de l'aurore ,
Encens de la fin du jour.
Ah ! désormais à te plaire
De mon ame solitaire
Je fixe les sentiments ;
Je le dis , et je défie
Tous les malheurs de la vie
D'annuler mes beaux serments !

PLAINTES DU JUSTE

AU SOUVENIR DE SA JEUNESSE.

De mes iniquités le souvenir m'accable ;
Leur regard menaçant en tout lieu me poursuit ;
Tels de spectres l'on voit un essaim effroyable
Autour des vieux tombeaux se presser dans la nuit.

Comme un sable mouvant que le vent tourbillonne
Dans sa chute engloutit l'Arabe vagabond,
De cent mille forfaits la tourbe m'environne,
Me pressure, m'étouffe, opprime ma raison.

Lorsque tout dort en paix dans l'immense nature,
Je commence le cours de mes rugissements ;
Les cris, les pleurs amers sont l'unique pâture
De mon ame brisée, et de mes yeux mourants.

Ah ! que j'aime les nuits qu'agitent les tempêtes
Et que troublent les chants des funèbres oiseaux !
Au bruit rauque des vents, loin des mondaines fêtes,
Que j'aime à pleurer seul, couché près des tombeaux !

Laissez au fond des bois, dans l'obscure lumière,
L'homme que les remords rongent comme des vers ;
A l'abri des vallons qu'il cache sa misère,
Que ses cris de douleur roulent dans les déserts.

Quand je vois les humains je concentre en mes veines
Les flots empoisonnés de ma vaste douleur ;
Par un ris mensonger je déguise mes peines,
Et le trou des serpents est couvert d'une fleur.

Il me faut exhaler le mal qui me dévore ;
Fuyons vite, fuyons ce que j'aimais le mieux :
Le lever enchanteur de la riante aurore,
Le salut d'un ami, les entretiens joyeux.

Tout est sombre ici-bas pour celui dont la trace
S'imprima dans l'ordure et dans la volupté ;
Qui ne sait faire un pas sans rencontrer la place
Et l'aspect dégoûtant de quelque iniquité.

De mes ans écoulés dans la vaste étendue
Où la vertu sema peu de fruits, quelques fleurs,
Mes péchés infinis font reculer ma vue......
Grand Dieu ! que tes regards n'observent que mes pleurs !

Quels que soient mes forfaits, je suis ta créature !
Sur mon front de tes fils je porte le beau sceau !
Quel fruit que ta vengeance éclate sans mesure !
Quel honneur au géant de briser un roseau !

Oh ! qu'il est bon, ce Dieu ! Loin, bien loin, hors de vue,
Il jette mes forfaits pour les mieux oublier ;
Son regard paternel me sourit dans la nue,
Plus charmant que le jour où sort le prisonnier.

Coulez, coulez, mes pleurs, qu'au fond de la vallée
Mes cris fassent gémir les échos chaque jour !
Que mon ame à jamais demeure inconsolée
D'avoir nécessité ce prodige d'amour !

Tel vous êtes, mon Dieu ! c'est aux plus grands coupables
Qu'à pardonner se plaît votre amour infini ;
Toujours les Augustin vous seront préférables,
Car qui pécha beaucoup aime beaucoup aussi.

Mes chants vous béniront chez les races futures ;
Chants plaintifs, bien amers, enfants de mes remords ;
Et l'homme dépravé, tout couvert de souillures,
Viendra de ta clémence éprouver les trésors.

Il dira : Mon sauveur ! c'est en vous que j'espère,
Vous, Dieu si grand, si fort, et néanmoins si doux !
Du naufrage d'Adam, vous, planche salutaire,
Notre ami jusqu'au sang en dépit du Jaloux !

Ton Ciel est décoré par des prostituées
Et de vils publicains arrangés en tribus
Qui chantent à l'envi, d'amour saint transportées,
Ta bonté, le plus cher de tes grands attributs.

Comme sont deux péchés, ainsi cent mille crimes
Auprès de ton amour plus vaste que les mers,
Larme à ton sang mêlée en ouvre les abîmes
Et dompte ta colère, effroi de l'Univers.

LE RECOURS A MARIE.

AIR : *La Brigantine.*

Comme une étoile
Au sein des flots,
Guide la voile
Des matelots;
La Vierge Marie
Au port nous conduit,
Dans la patrie
Nous introduit.

Lorsque le faîte
De ta vertu
Par la tempête
Sera battu,
Invoque Marie
Par des vœux brûlants;
Dans leur furie
Brave les vents.

Parfois l'orage,
Qui grondera,
Loin de la plage
T'emportera;
Invoque Marie
Par des vœux brûlants;
Dans leur furie
Brave les vents.

Chaste et fidèle
Ton ame en deuil
Verra près d'elle
Un triste écueil ;
Invoque Marie
Par des vœux brûlants ;
Dans leur furie
Brave les vents.

Comme une étoile
Parmi les flots
Guide la voile
Des matelots ,
La Vierge Marie
Au port nous conduit ,
Dans la patrie
Nous introduit.

CHANT

COMPOSÉ DEVANT LE TABLEAU DE SAINTE CÉCILE.

Chaqu'ame sainte est une lyre
Aux sons toujours mélodienx ;
Si dans ce monde elle soupire,
Elle chantera dans les Cieux.

Voyez vers la voûte azurée
Ce regard avide et puissant ;
Ainsi l'ame, d'amour brûlée,
Vers Dieu s'élance en frissonnant.

Vers Dieu volez, ames sublimes,
Prisonnières dans l'Univers ;
Il est abri contre les crimes,
Et rempart contre les revers.

Un jour heureusement fondues
Comme un métal dans un grand feu,
A jamais vous serez perdues
Dans cet abîme nommé Dieu.

A LA COLOMBE.

Je les comprends, chaste colombe,
Tes cris poussés au fond des bois ;
Je viens pleurer jusqu'à la tombe
Mon innocence d'autrefois.

La paix dont tu fus messagère,
Que présageait ton vert rameau,
Je l'ai refaite, je l'espère,
Plus stable que dès le berceau.

Avec toi donc vers l'empirée
S'élance mon ardent amour ;
Je plonge ma vue épurée
Dans ce redoutable séjour.

Mon ame restera fidèle,
Et son époux du firmament
Bientôt lui dira : « Viens, ma belle,
» Ma colombe, viens du Liban. »

L'EUCHARISTIE.

Quelle ardeur m'inspire !
Quel sacré délire
Fait que je soupire
Près de cet autel ?
Doux tourments que j'endure!
Avec sa créature ,
Du Dieu de la nature ,
Du monarque éternel ,
O l'hymen solennel !

De mon ame, ingrate
Hélas ! trop long-temps,
Que l'amour éclate
Par des chants bruyants!

Tel qu'un météore
Bien avant l'aurore
De son éclat dore
La plus sombre nuit ,
Du fond de ce mystère ,
Le Dieu que tout révère
Par des flots de lumière
Et m'enchante et m'instruit,
Jusqu'au Ciel me ravit,

De mon ame , ingrate
Hélas! trop long-temps,
Que l'amour éclate
Par des chants bruyants !

Contente et ravie,
Veux-tu de la vie
Qu'un grand cœur envie
Trouver le chemin ?
Sur cette chair blessée,
Plus tard divinisée,
Ta route fut tracée ;
Dieu même en est le pain,
Et le guide et la fin.

De mon ame, ingrate
Hélas ! trop long-temps,
Que l'amour éclate
Par des chants bruyants !

A travers l'orage
Dans ce dur voyage
Guide ton ouvrage,
Roi de l'Univers !
Pour retirer les hommes
Des bas lieux où nous sommes,
Quittant tes beaux royaumes,
Tu vins briser nos fers,
Nous fermer les enfers.

De mon ame, ingrate
Hélas ! trop long-temps,
Que l'amour éclate
Par des chants bruyants !

La pâle infortune,
Funeste, importune
A l'ame commune,
Pour nous te sourit ;
Mais, non content de naître,
Tu nous donnes ton être,
Qui, nous fesant renaître,
A l'Eternel unit
L'homme faible et maudit.

De mon ame, ingrate
Hélas ! trop long-temps,
Que l'amour éclate
Par des chants bruyants !

6

Comme à travers l'ombre
D'une nuit très sombre ,
De soleils sans nombre
Je vois la clarté ;
Ma foi , vive et perçante ,
Sous la forme inconstante
D'une espèce apparente ,
Peut de ta majesté
Contempler la beauté.

De mon ame , ingrate
Hélas ! trop long-temps ,
Que l'amour éclate
Par des chants bruyants !

Dans ce lieu paisible
Ta face terrible
Se rend accessible
Aux plus grands pécheurs ;
Tel , dans la Gallilée ,
La veuve désolée ,
Joyeuse et consolée ,
Te vit rendre à ses pleurs
L'objet de ses douleurs.

De mon ame , ingrate
Hélas ! trop long-temps,
Que l'amour éclate
Par des chants bruyants !

Celui qui ne t'aime ,
Majesté suprême,
De ton anathème
Justement frappé ,
Pour peine légitime
De son horrible crime ,
Dans l'éternel abîme
D'horreurs enveloppé ,
Maudira ta beauté !

De mon ame , ingrate
Hélas ! trop long-temps,
Que l'amour éclate
Par des chants bruyants !

CE QUI CAUSE MON ENNUI.

Si mon cœur soupire et languit,
Si de mes pleurs mon lit s'arrose,
D'une beauté qui se flétrit
L'impur amour n'en est point cause.
Grand Dieu! l'éclat de ta grandeur
Et de tes beautés la richesse
Sont le sujet de ma langueur
Et de ma trop longue tristesse!
Heureux celui qui, transplanté
Des champs douloureux de la vie,
Voit dans l'éternelle cité
Sa jeunesse toujours fleurie!
Il est pareil aux arbrisseaux
Arrosés par une onde pure,
Qui parent leurs jeunes rameaux
D'une impérissable verdure.
L'eau féconde de tes torrents
Nourrit sa tige vigoureuse;
Les feux de tes regards perçants
Ornent sa tête radieuse.
L'allégresse le fait bondir
Devant ton heureuse présence;
Il chante pour ne plus finir
L'hymne de la reconnaissance.
Dans l'attente, hélas! de te voir,
Pour moi, je languis sur la terre!
La beauté d'un si riche espoir
Accroît chaque jour ma misère.
Semblable au lion affamé,
Je rugis cherchant ma pâture;
Traînant, et le dard enflammé
Et la douleur de ma blessure!

Amant jamais a-t-il senti ,
Auprès du cher objet qu'il aime ,
Les attraits que mon cœur ravi
Ressent pour toi, beauté suprème ?
L'argent , la créature et l'or,
Tu les fis d'une poudre vaine.
Malheur à qui livre son sort
A leur existence incertaine!
Après avoir perdu ses ans
A poursuivre cette chimère ,
Il ne rencontre , après long-temps ,
Dans ses mains , qu'une épine amère.
Grand Dieu ! que je rougis des feux
Dont brûla mon ame trompée !
N'est-ce point pour s'être abaissée
Qu'aujourd'hui je suis malheureux ?
Pour punir mon indigne envie ,
Pour des cadavres et des vers ,
Ne rends point à l'ignominie
Mon cœur plus grand que l'Univers.
Ta douceur pour ta créature
Releva de la pourriture
Ce jeune cœur trop tôt déchu.
Suis-moi dans ma nouvelle route ,
Fais que désormais il ne goûte
Que les plaisirs de la vertu!

L'HOMME DE LA VÉRITÉ,

OPPOSÉ A L'HOMME DE LA PHILOSOPHIE.

Grand Dieu ! je te bénis d'avoir donné la foi
Pour navire et pour ancre à ma raison débile.
Le nœud de l'Univers que l'impie imbécille
Cherche si vainement à deviner sans toi,
S'est comme un filet d'eau déroulé devant moi.
Tandis que sans flambeau s'enfonçant dans le monde,
Le superbe s'égare à travers les soleils
Qu'il méprise, blasphème, insulte à tes conseils,
Dans le doute se perd comme un vaisseau dans l'onde,
Sans étude et sans art, plus savant que Platon,
Je lis correctement la doctrine profonde
Que la nature porte écrite sur le front.
Ce qu'ignora la Grèce en disputes féconde,
Mon père, laboureur, m'en donna la raison.
Mon esprit, jeune encor, sut avec assurance
Que l'astre au front d'argent qui conduit en cadence
Les pas harmonieux des globes de la nuit,
Que les Cieux entassés qu'aucun nombre n'égale,
Que l'astre ami des bons, que l'aurore signale,
Que l'Univers enfin pour l'homme fut produit.
Lorsque les fiers satans, après cette défaite,
Furent tombés des Cieux ainsi qu'une tempête,
Pour compléter les chœurs le genre humain parut.
       La nature le sut,
Et, de cet immortel, amoureuse servante,
Déroula dans les airs du Ciel la belle tente,
Parsema l'Univers de verdure et de fleurs,
Reléguant au chaos la souffrance et les pleurs.
La foudre et l'aquilon, chassés de la nature,

Portèrent aux Enfers la tourmente et l'effroi.
    Le monde entier reçut la loi
De fournir au bonheur, à la louange pure
De l'homme sa raison, son grand-prêtre et son roi.

Ne viens point m'opposer ton absurde sagesse,
Impertinent censeur des œuvres de mon Dieu.
Tu grandis vainement de l'homme la faiblesse,
L'opprobre et le malheur qui le suit en tout lieu.
Ne mesure point l'homme à ta basse pensée,
Ni de Dieu les desseins à ta courte raison.
Suis, sans te détourner, le céleste rayon
De la foi que le Verbe en mourant t'a laissée.
Lors tu sauras du monde et le but et la fin,
Le comment, le pourquoi de toute la nature.
Que c'était un vaisseau d'une belle mâture,
Orné de pourpre et d'or avec un art divin
Pour ramener le roi jusqu'à Dieu, son destin.
L'homme, en naissant, doué d'une ame pure,
S'il fût demeuré bon, dans son royal chemin,
N'aurait été troublé par les vents, ni l'orage.
Au souffle du bonheur, avec un front serein,
Sans connaître la mort, ni le rongeur chagrin,
Il aurait abordé le céleste rivage.
        L'homme pécha; tout change alors :
    Le vaisseau, repoussé loin des célestes bords,
Allait jusqu'aux Enfers rejeter la victime,
        Si, pour abolir notre crime,
L'Eternel de son cœur n'eût ouvert les trésors.
Ainsi le péché seul bouleversa le monde,
        Et produisit ce déluge de maux
            Que par mille canaux
        Verse sur nous la nature féconde,
            Non sans pousser mille sanglots.

Tu souris de pitié, philosophe superbe;
Avec un froid dédain, je te vois m'accueillir.
Mais si tu connais mieux que ne connut le Verbe,
Explique l'Univers, le vivre et le mourir,
Ce travail de tout l'être, et l'immense soupir
Que rend l'humanité en sa douleur acerbe;
Explique-moi comment, père de l'Univers,

Le soleil, au moyen de la terre et des mers,
Fait naître les humains ; puis, tendant dans les airs
      Ses astuces profondes,
Il change nos cités en de mornes déserts.
    Explique-moi de l'homme le mystère ;
De ce géant-pygmée, infini dans ses vœux,
Et le plus malheureux des êtres de la terre,
Vertueux en désir, en effet vicieux,
Aveugle intelligent qui mesure les Cieux,
    Et qui se perd dans un grain de poussière.

Mais que demandez-vous à ces rares esprits ?
L'impie explique-t-il ? Il accuse, il blasphème ;
Il se fait de douter un mérite qu'il aime :
Laissons-le de fureur expirer dans ses nuits.
La foi brisant le sceau nous ouvre le grand-livre,
Eternel désespoir de l'humaine raison.
Cet homme dégradé que l'infortune enivre
Eut pour destin le Ciel tant qu'il demeura bon.
      Il porte encore dans sa ruine
Le légitime orgueil de sa haute origine,
Comme un roi détrôné, fier malgré les revers ;
Comme un cèdre superbe en dépit des hivers,
Ou comme on voit encor un royal édifice
Par la foudre noirci, de toute part croulant,
Elever jusqu'au Ciel son noble frontispice
De son antique honneur, témoignage éclatant.

Deux plaideurs devant Dieu comparurent un jour
Et mirent en émoi son immortelle cour.
Les chœurs épouvantés ouïrent la Justice,
Et la Bonté, sa sœur, combattant tour à tour,
L'une pour le pardon, l'autre pour le supplice.
La stupeur pénétra même dans le chaos ;
La nature se tut, et ces terribles mots
Roulèrent à travers l'universel silence :
Lorsque les fiers démons, guidés par l'arrogance,
Remplirent tous les Cieux de brigue et de complots ;
Qu'armés de tes bienfaits, pour ravir ta puissance,
Ils roulaient contre toi le torrent de leurs flots.
      Moi, seule ; moi, ta fille, la justice,
Je défendis le trône et vengeai ton honneur.
Sous mes coups assurés, de toute leur hauteur

Croulèrent les titans au fond du précipice.
Les foudres, en été, tombent moins promptement ;
          Mon bras de fer les lia dans l'étang,
Où les brûle à jamais le bitume et le souffre.
Je posai l'Univers sur la bouche du gouffre,
Et tout le Ciel vengé me reçut en chantant.
Pour compléter les rangs et les concerts des anges ,
          Tu créas les humains.
Quel honneur ! Dans les Cieux moduler tes louanges,
Et recevoir de toi la gloire à pleines mains !
Afin que de l'amour il fît l'apprentissage,
Pour l'homme des six jours tu fabriquas l'ouvrage,
Elevant jusqu'au Ciel de son palais les tours ;
          Tu publias dans tout l'empire
     Que chaque être eût à prolonger les jours
De l'homme , roi du monde, intelligente lyre,
Des Hiérarques saints l'espoir et les amours.
La terre tapissa sa couche de verdure,
Les étoiles veillaient autour de son sommeil ,
L'aube, pour lui sourire , attendait son réveil :
Et c'est à lui tresser des siècles sans mesure
Que visait le travail de toute la nature.
          Voilà l'exquisse du bienfait ;
               Tu connais son forfait
          Et son ingratitude amère ;
Qu'avec tes ennemis , ô prodige d'horreur !
Tout mon être en frémit de haine et de colère ;
          Il se ligua pour déclarer la guerre ,
De ses immenses biens, à l'éternel auteur.
Oui , si l'homme ne meurt ; oui , s'il n'est la victime
               De son crime ,
Il n'est plus de justice, et Dieu n'est qu'un menteur.

Elle dit, et , plongeant son regard dans l'abîme,
Par un cri menaçant ébranle l'Univers ;
L'ange de son ami déplore les revers.
La nature, au salut ne voyant plus de voie ,
Remplit de sa douleur, les terres et les mers ;
Les démons, dans l'Enfer, en rugissent de joie :
Le gouffre s'élargit pour recevoir sa proie.

De donner ses raisons devant le Roi des Rois ,
Pour la Miséricorde, enfin , l'heure est venue.

Le murmure flatteur de sa touchante voix
Pénètre l'oreille assidue
Comme un vent caressant le feuillage des bois.
Les larmes, les soupirs sont de sa plaidoirie
L'exorde insinuant;
Elle peint l'homme accablé, gémissant,
Chassé de sa patrie
Par l'envieuse fourberie
Et par l'art enchanteur de l'horrible Satan.
Elle dépeint la justice sévère,
Implacable dans sa colère,
En tous lieux promenant dans le vallon des pleurs,
Les remords, les chagrins, les pestes et la guerre,
Les tyrans et la mort, l'envie et les douleurs.
Elle dépeint l'humanité mourante
Sous un déluge universel,
Et sous les foudres du Ciel,
Sodome encore fumante.
Enfin, montrant à tous les yeux
Son titre valide d'aînesse:
C'est moi qui fis ces demi-dieux,
Qui, plus ancienne que les Cieux,
De ton cœur ai toujours épuisé la tendresse.
Rends-moi mes fils; rends-moi mon empire brillant
Dont je fus par ma sœur cruellement chassée.
Ta gloire est au pardon, Seigneur, intéressée;
La rigueur compromet ton naturel aimant.
Ton être en m'exhalant passa dans ma substance;
Depuis l'Eternité, je suis ce qu'était Dieu :
Un abîme infini d'amour, de bienfaisance,
Et moi seule je fais que l'on t'aime en ce lieu.
Des esprits que j'avais créés avant l'aurore,
Pour célébrer ton nom par de dignes concerts,
Hélas! une moitié te maudit dans les fers!
Dieu bon! souffriras-tu que ma sœur perde encore
Ces fils que mon amour d'un souffle fit éclore,
Pour remplir dans le Ciel tant de trônes déserts?
Que tout le genre humain réprouvé corrobore
Les chants blasphémateurs qui sortent des Enfers?

LA JUSTICE.

Tout homme est né pécheur, que tout homme périsse.

LA MISÉRICORDE.

Grand Dieu ! la bonté meurt si vous n'êtes propice.

LA JUSTICE.

Dieu prononça l'arrêt, et Dieu ne peut mentir.

LA MISÉRICORDE.

En ma faveur, ce Dieu peut bien se repentir.

LA JUSTICE.

Les hommes sont à moi par le droit de vengeance.

LA MISÉRICORDE.

Les hommes sont à moi par le droit de naissance.

LA JUSTICE.

Un être révolté n'a de maître que moi.

LA MISÉRICORDE.

Ce qu'a produit mon sein m'appartient plus qu'à toi.

LA JUSTICE.

Mais Dieu doit à son nom de venger une injure.

LA MISÉRICORDE.

Dieu, tout bon , s'il punit, agit contre nature.

LA JUSTICE.

Justement, du superbe il abaisse le front.

LA MISÉRICORDE.

On le force à punir ; de lui-même , il est bon.

LA JUSTICE.

D'un adultère inique, on ne me vit point naître.

LA MISÉRICORDE.

Le péché t'enfanta , moi je naquis de l'être.

LA JUSTICE.

A son aise, sans moi vivrait l'iniquité.

LA MISÉRICORDE.

Dieu déteste le mal de toute sa bonté.

LA JUSTICE.

Je suis l'objet aussi de sa sollicitude.

LA MISÉRICORDE.

Tu lui viens du dehors, moi de sa plénitude.

Pendant que ce débat suspendait tous les Cieux,
Uu prodige étonnant s'opérait sur la terre ;
Parti de l'Eternel comme un trait radieux,
Le Verbe s'incarnait dans le sein d'une mère,
Gardienne de l'espoir des hommes et des dieux.
   Ainsi l'on voit, avec délice,
   Parfois, du soleil, un rayon
   Glisser dans le riant calice
   D'un lis, ornement du vallon.
Tout le Ciel incliné voyait l'homme-Dieu naître,
Divulguer ses secrets au loin dans l'Univers,
Adoucir en buvant la coupe des revers,
Et venger par sa mort la gloire du grand Être.
Ce Géant indompté d'Adam brise les fers ;
Sous les coups de sa Croix, comme avec une foudre,
Les péchés et la mort, il les réduit en poudre.
C'est ainsi qu'un grand Roi, père de ses sujets,
Qu'un superbe tyran retient dans l'esclavage,
A, de leur liberté, conçu les beaux projets ;
Les sauve en se donnant lui-même pour ôtage ;
   Puis, soutenu par sa valeur,
  Met dans les fers la puissance rivale ;
Et, chargé de butin, rentre en sa capitale,
Parmi les chants publics de gloire et de bonheur.

La mort a frappé l'homme, et l'homme est pardonné ;
La Justice des mains laisse tomber le glaive ;
La mourante Bonté de bonheur se relève,
Et le baiser d'accord entre elles est donné.
La Charité reprit les rênes de l'empire :
Elle vint de nouveau dans le monde sourire,
Et, pour mieux nous sauver, prit pour coadjuteur
   La justice, sa sœur.

C'est toi qui fis ce grand ouvrage,
  O Bonté, notre espoir!
Tu dissipas l'orage
Et brisas le pressoir
Que sur l'humanité Dieu tournait d'âge en âge.

Dans le monde pécheur, chez les anges créés
Tu cherchas vainement l'ôtage du coupable;
Jésus vit en pitié tes vœux désespérés,
    Et, par un échange ineffable,
Conquit en se livrant les hommes réprouvés.

A prendre ma créance il voulut se résoudre,
Et ce qu'à l'Equité je devais de revers;
A force de douleurs il força de m'absoudre,
Ce dur et rigoureux pasteur de l'Univers,
    Qui nous menait à coups de foudre
    Dans le fond des Enfers.

Tu seras mon flambeau dans l'obscure vallée,
Mon rocher au milieu des vagues des remords.
La sévère Equité par toi sera calmée,
Et ne me broîra plus en m'opposant mes torts.

    Sans toi, la mort n'aurait eu qu'un passage :
    Celui qui mène au gouffre dévorant.
Tu rouvris le chemin du céleste rivage,
A travers les buissons qui te mirent en sang.

A regagner le Ciel, sur les Croix et les lances
Mon cœur lâche et tremblant n'ose se décider.
O Bonté! donne-lui le mépris des souffrances :
Mieux vaut pleurer un jour que de toujours brûler!

Ah! de parler de toi jamais je ne me lasse!
O Bonté! ton saint nom emmielle mes pleurs!
C'est un pressentiment de pardon et de grâce,
Un gage précieux d'éternelles faveurs.

Jusqu'au soir de ma vie à la Miséricorde
Un cantique d'amour par moi sera chanté.
Mes doigts reconnaissants feront vibrer la corde
Du luth aux sons divins que toi-même as monté.

LE SOUPIR.

Jadis le mal souilla ma vie,
Que l'on me laisse avec mes pleurs !
Les cris sont mon unique envie,
Et mon espoir dans mes malheurs !
Je perdis la joie avec la sagesse,
L'ombre de la mort couvre ma jeunesse !
Reviens, reviens, noble vertu,
Rends-moi le Dieu que j'ai perdu !

Sans Dieu, pour qui mon ame est née,
Je gémis du soir au matin,
Et marche la tête inclinée
Sous le poids d'un affreux chagrin !
Ne seras-tu donc, Dieu de la nature,
Jamais plus touché des maux que j'endure ?
Entends la voix de mon amour !
Viens au-devant de mon retour !

Heureux, dans la haute demeure,
Qui peut à son aise t'aimer,
Dont la voix résonne à toute heure
Pour te bénir et te chanter !
O de ton banquet, délirant breuvage !
De voir ta lumière, ô brillant partage !
Quoi ! je vis!! loin d'un tel séjour !!!
Je veux mourir · je hais le jour.

LA COMMUNION.

Lorsque ta foudre ébranle l'Univers,
Quel cœur ne tremble au bruit de ta colère?
Les monts brisés volent dans les déserts,
Tourbillonnant comme l'algue légère.

Tu peux, grand Dieu, broyer en un instant
Et les humains, et toute la nature;
Et devant toi tu laisses cependant
En paix venir ta pauvre créature.

Qui joint ainsi les bouts de l'infini ?
Qui réunit le fort à la faiblesse ?
Pour ton amour, sois à jamais béni !
Que l'Univers célèbre ta tendresse !

Pour moi, je t'aime, ô mon plus doux espoir!
Trop heureux si, de ma mourante vie,
En ce moment venait, venait le soir
Combler d'aimer ma dévorante envie !

En attendant au milieu des périls,
Daigne affermir ma sagesse tremblante;
Contre le monde et ses jeux puérils,
Que ton corps soit ma ressource constante !

L'HUMILITÉ.

Ah ! qu'il est beau de savoir se connaître,
De rendre à Dieu le prêt qu'on a reçu !
L'homme, fût-il de l'Univers le maître,
N'est qu'un néant à l'opprobre vendu.

Mais pourquoi donc veux-tu que l'on te loue ?
Qu'as-tu de bon qui ne te soit donné ?
Une autre main a fabriqué ta boue :
Le Maître seul a droit d'être loué.

Dieu la porta, la loi que l'ame vaine
Pleurât, rougît sous l'empire des sens,
Et que l'humble, d'elle-même, fût reine,
Pût dominer les vices dégradants.

Le Ciel la voit quand elle s'humilie,
Et la colombe est moins belle à ses yeux ;
L'Ange l'attend dans la haute patrie
Pour lui montrer son trône glorieux.

LE NAUFRAGÉ.

AIR : *L'on parlera de sa gloire.*

Celui qui , par les orages,
Comme moi fut désolé,
De la mer désabusé,
Craint de quitter les rivages.
En vain du riant zéphir,
Le retour me sollicite ,
Sur ce roc je veux mourir
Où la douce paix habite.
De tant d'autres les malheurs
Devaient me rendre timide !
Fuis cet élément perfide ,
Toi qui vois couler mes pleurs !

D'une riche et belle charge ,
Mon navire était rempli ;
J'étais heureux accompli
Si je n'avais mis au large.
Les courants ont dévoré
Mes trésors, mon opulence ;
Leur fureur ne m'a laissé
Que mes cris pour espérance.
De tant d'autres les malheurs
Devaient me rendre timide !
Fuis cet élément perfide,
Toi qui vois couler mes pleurs !

De son haleine amoureuse,
Le vent me berça d'abord;
Dieu! que j'étais loin du bord
Quand la mer devint affreuse!
Je vis, hélas! mes débris
Couvrir au loin l'onde amère :
Je n'ai plus que les abris
De ce rocher solitaire !
De tant d'autres, les malheurs
Devaient me rendre timide !
Fuis cet élément perfide,
Toi qui vois couler mes pleurs!

Corrigé par l'infortune,
Je crie aux audacieux :
Tenez-vous sur les hauts lieux!
Ne tentez point la fortune.
Contre des écueils cachés,
Votre nef serait brisée.
Qui sait si vous reviendriez
A la terre désirée ?
Que mes grands et longs malheurs,
Hélas ! vous rendent timide!
Fuis cet élément perfide,
Toi qui vois couler mes pleurs !

LE DÉGOUT DE LA VIE.

Les vapeurs funèbres du vice
Ont desséché mes jeunes ans ;
Du Ciel la sévère justice
M'environne de ses torrents ;
Avant la dernière journée.
Je sens les horreurs du tombeau ;
Gaîment mon ame infortunée
Voit pâlir mon triste flambeau.

Que faire encor sur ce rivage,
De flots partout environné,
Où gronde l'éternel orage,
Par qui mon esquif fut brisé ?
Contre les ondes en furie,
Je cherchais un refuge au bord ;
Les vagues menacent ma vie
Jusque dans l'asile du port !

Le port n'est point dans ce bas-monde,
Où tout est mer pour la vertu.
Souvent le roc qui la seconde
Est un écueil le plus battu.
C'est au haut des collines saintes,
Où la gloire brille à jamais,
Que l'homme juste, exempt de craintes,
Savoure l'immuable paix !

A MARIE.

L'AME CONTRITE.

O déité! reine du monde,
Refuge des cœurs gémissants,
Soulage ma douleur profonde,
Toi, qui goûtas l'eau des torrents!
Bien loin rejette la prière
Du cœur rempli d'illusions,
Qui veut te rendre auxiliaire
De ses brutales passions;
Mais pour l'ame toujours plaintive
Qui n'aima jamais ses travers,
Qui pleure de se voir captive
Et brûle de briser ses fers,
Ah! pour cette ame malheureuse,
Qui sent le prix de la vertu;
Des sens rends-la victorieuse,
Rends-lui l'honneur qu'elle a perdu.
Avec l'auteur de l'existence
Dont elle méprisa la voix,
Renouvelle son alliance
Irrévocable cette fois.
Calme l'écrasante colère
D'un époux jaloux, outragé;
Mon long tourment de lui déplaire
L'a surabondamment vengé.
J'en pleure au lever de l'aurore
Jusque bien au-delà du soir.
Ce regret partout me dévore
Et boit ma vie avec l'espoir.
Hélas! j'écoutai sans y croire
Les vaines promesses des sens;

Et, dans leur coupe avant de boire,
J'en connaissais tous les tourments !
Je me suis uni par faiblesse
A la chair que je méprisais ;
Et, quoique ami de la noblesse,
Je suivis de mondains attraits.
Je cherchai dans les créatures
Aussi malheureuses que moi
Le bonheur que les ames pures
Trouvent dans la céleste loi.
Quoi ! je pus aimer la structure
De tous ces sépulcres blanchis !
De ces néants que l'imposture
A palliés de son vernis !!
Oh ! Dieu, tu le sais, dans la vie,
Que j'ai toujours gémi, pleuré,
Que les plaisirs et la folie
Plus que les maux m'ont déchiré ;
Qu'au plus fort même de l'ivresse
Ton souvenir me torturait,
Qu'en fesant le mal par faiblesse
La noble vertu me charmait.
Malheureux ! j'ai vécu sans joie,
Je meurs en proie à ta fureur ;
Ta main puissante se déploie,
Tu prends tes armes, ô terreur !
Et sans fin ta dure vengeance,
Pleine de salpêtre et de feu,
Sur un atome, une apparence
Tombe de tout le poids d'un Dieu !
Eh bien ! dans ma cruelle peine,
Quand tout espoir serait perdu,
Non, je ne puis avoir de haine
Pour mon Dieu, ni pour la vertu :
Des humains fuyant la présence,
J'irais bien au-delà des mers
Maudire ma folle inconstance
Dans le creux des rochers déserts,
N'accusant que moi de ma perte,
Te bénissant, mon Rédempteur,
Dont la main fut toujours ouverte
Pour me ramener au bonheur !
Tu me prévins dès mon aurore,
Tu me signalais le danger ;

Tu daignais m'accueillir encore
Quand j'avais osé t'outrager.
Ton souffle remplissant mes voiles,
Sans cesse t'ayant à mon bord,
Dans mon pays, vers les étoiles,
Je voguais presque sans effort.
Insensé! je quittai la voie,
Je te contraignis de me fuir;
Tu pourrais me laisser en proie
Au malheur qui vient m'assaillir.
Mais mon refuge est dans ta mère,
Notre beau phare sur les eaux,
Et qui but à la coupe amère
Pour mieux compâtir à nos maux.
Rompts mes liens, chaste Marie!
C'est trop d'avoir, mortel danger!
Dans le plus beau temps de ma vie,
Porté le joug de l'étranger!
Aux eaux troubles de Babylone,
Plus je ne veux mêler mes pleurs.
Mon front digne d'une couronne
Fera pâlir mes oppresseurs.
Je reverrai la belle cime
Et de Sion et du Carmel,
Où jadis mon cœur magnanime
Savourait les rayons de miel.
A l'aspect de ces pâturages
Où s'engraissèrent mes aïeux,
Où moi-même, loin des orages,
Je coulais des jours si joyeux,
De ma lyre silencieuse
Aux jours de ma captivité,
Montant la corde harmonieuse
Sur les tons du Chantre sacré :

Qu'il est bon, le Dieu de mes pères,
Qui m'a frappé dans son amour,
Et qui, des rives étrangères,
Ma menagé l'heureux retour!

Le couchant est loin de l'aurore,
Mais le Seigneur, riche en bienfaits,
A rejeté plus loin encore
Le souvenir de mes forfaits.

Il a discerné de l'impie
L'homme plus faible que méchant ;
A son banquet il me convie,
Parmi ses fils me donne rang.

Aux jours affreux de ma disgrace
Succèdent des jours de concerts,
Et dans les sources de sa grâce
Je bois l'oubli de mes revers.

Heureuse et mille fois bénie,
Sa colère qui m'a brisé,
Par qui mon ame est réunie
Au peuple saint qu'il a sauvé !

C'est juste : il faut que je le chante,
Ce nom suave autant que beau,
Qui dissout mon ame contente
D'un saint plaisir toujours nouveau !

Hélas ! hélas ! ma bouche impure
Donnait ce grand nom au néant,
Et ma sacrilége imposture
Se fit un jeu du Dieu vivant.

Que mes chants effacent mon crime,
Ces chants entremêlés de pleurs !
Et que le regret qui m'opprime
Me soit baptême de douleurs !

LA SAINTE COMMUNIANTE.

Il s'environne en vain d'épaisses ombres :
Je l'aperçois, le Dieu de l'Univers ;
Son nom bien doux dissipe mes nuits sombres,
Fait de beaux jours de mes jours de revers.

Quand il descend dans l'ame pure
Pour y célébrer son festin,
Il la ravit mieux qu'un murmure
Des douces brises du matin.

De toi mon ame est affamée,
Toi seul absorbes son amour ;
Glisse en cette ame enthousiasmée,
Comme un rayon du plus beau jour.

Dans mon sein que l'ennui dévore,
Tu descends aimable, enchanteur,
Comme les larmes de l'aurore
Dans le calice d'une fleur.

Quoi ! c'est Dieu dont je suis remplie ?
C'est lui-même, venez, chantons !
Chantons sa douceur infinie !!
Faisons résonner ses cent noms !!!

L'AME DÉSENCHANTÉE DU MONDE.

Aime les jeux, les ris et la folie
Suis de ton cœur les frivoles désirs,
Mets à profit la saison des plaisirs
Pour en gémir le reste de ta vie.
    Ah ! pour moi, j'aime mieux,
    Enfin désabusée,
    Diriger vers les cieux
    Ma barque fracassée.

Pourquoi tenir la nacelle au rivage ?
Quand on est jeune, et bravant le péril,
Craindre les vents est lâche, est puéril.
Voguez, voguez, de naufrage en naufrage !
    Ah ! pour moi j'aime mieux,
    Enfin désabusée,
    Diriger vers les cieux
    Ma barque fracassée.

Le monde en vain de roses se couronne,
Et sous des fleurs cache ses traits perçants ;
En vain autour de ses autels bruyants
De délirants une troupe frissonne.
    Ah ! pour moi j'aime mieux,
    Enfin désabusée,
    Diriger vers les cieux
    Ma barque fracassée.

Je vous connais, ô beauté ! Qu'on me loue,
Vain simulacre, éclair, brillante erreur !
L'impur accourt, croit saisir le bonheur ;
Quel saisit-il ? ô Ciel ! un peu de boue.
    Ah ! pour moi j'aime mieux,
    Enfin désabusée,
    Diriger vers les cieux
    Ma barque fracassée.

LA CONSOLATION.

L'oiseau naît pour voler, l'homme naît pour les larmes ;
Mon cœur reste debout sous le poids de tes maux ;
Nul soldat n'a vaincu sans courir des alarmes ;
C'est après le combat que triomphe un héros.
Regarde, tout gémit dans la belle nature : (*)
Le chant du rossignol n'est qu'un plaintif murmure,
Suave expression de sa vieille douleur ;
Le beffroi fait de l'air soupirer les campagnes,
Les ramiers dans les bois, auprès de leurs compagnes,
Déplorent au printemps un inconnu malheur.

Le souffle du matin pleure dans le feuillage,
Le vent dans la forêt redit le chant des morts ;
La fontaine aux cailloux fait parler un langage
Qui rend triste et rêveur l'amoureux de ses bords ;
Un sourd gémissement, roulant parmi les ombres,
Lentement répété dans les cavernes sombres,
Sort des rameaux des pins qu'agite l'aquilon ;
Le soupir des brisans, lointain et monotone
Comme la voix d'un peuple aux pieds de la madone,
Vient mourir tristement dans les creux du vallon.

O nature ! qu'as-tu ? quelle secrète peine
Par tes cent mille voix te fait pousser des cris ?
Par le bruit des torrents vagabonds dans la plaine,
Par l'oiseau voyageur loin du natal pays ?
Dans tes convulsions, que la douleur enfante,
Tu remplis l'Univers de bruit et d'épouvante :
Le Ciel, la terre et l'air, tout paraît confondu.
Tel qu'un lion blessé, que transporte la rage,
Tu décharges ton cœur par la foudre et l'orage :
Quel est donc ton chagrin ? ô nature ! qu'as-tu ?

(*) La Nature gémit et enfante toujours en attendant que Dieu lui fasse connaître quels sont ses vrais enfants. *Rom.* c. 8, v. 22.

Rien n'égale, ô beauté ! ton immense richesse :
Mille globes de feu te couronnent le front,
Et, rayonnante d'or, de grâce et de jeunesse,
Tu fais l'orgueil du Dieu qu'on adore en Sion.
La verdure et les fleurs sont ta robe sans tâche
Qu'en forme de rubis l'astre du jour rattache
Sur ton sein caressé par les tièdes zéphirs.
Cependant tu gémis, et la mer mugissante,
Par les soulèvements de sa vague écumante,
Peut seule à tes douleurs égaler les soupirs.

Connais-tu, comme nous, l'affreux remords des crimes,
Pour avoir violé ton éternelle loi ?
Ce vautour, acharné sur ses pâles victimes,
Sur ton sein palpitant s'est-il assis en roi ?
Hélas ! soit que le jour descende de l'aurore
Ou que, laissant le Ciel, il le salue encore,
Pour moi de mes regrets je remplis le saint lieu ;
Et jusques à la mort gémissant, solitaire,
Je saurai par mes pleurs quelle douleur amère
C'est d'avoir outragé son auteur et son Dieu !

Mais de tes cris perçants je connais le mystère :
Tu déplores, hélas ! là chute de tes rois,
De ces hommes conçus dans tes veines de mère
Pour être auprès de Dieu ta raison et ta voix.
Avortés dans tes flancs, tes entrailles brisées
Pour les incorporer aux phalanges sacrées,
Font en se déchirant d'inutiles efforts ;
Et si le Médecin par sa croix ne les tire,
Dans les convulsions d'un horrible martyre
Ton sein bouleversé ne produit que des morts.

Mais, bien qu'avec douleur, ses élus à la vie
Sont, par un art divin, heureusement rendus.
D'un immense bonheur ta tristesse est suivie ;
Tu les aimes d'autant qu'ils te semblaient perdus.
De superbes rayons tu couronnes ta tête,
Comme une mère alors tu prends un air de fête,
Animant au concert tous les chantres des bois.
Tes flambeaux, plus brillants, illuminent la scène,
Et dans les champs du Ciel leur cortége ramène
Chaqu'ame vertueuse auprès du Roi des rois.

C'est en faveur des saints, ornement de ce monde,
Que ton cercle éternel ramène les saisons;
Que l'été dans nos champs lève sa tête blonde,
Étale avec orgueil tout l'or de ses moissons.
Le jour vient d'Orient protéger leur sagesse,
Les œuvres de leur foi, leur nocturne largesse,
Qui console le pauvre en son affliction;
Et la nuit, recueillie à l'ombre du mystère,
Anime avec respect leur ardente prière,
En imposant silence à la création.

Par ses yeux infinis le firmament contemple
Le juste cheminant dans la route des Cieux,
Foulant le monde aux pieds, confondant par l'exemple
Le vice prétexté de l'impie orgueilleux.
Comme une belle amante, éprise et sans alarmes,
Tu dévoiles ton sein, trésor de tant de charmes,
Au juste près du Ciel ton royal truchement.
Il connaît la beauté de tes secrets langages,
Ramasse la louange éparse en tes ouvrages,
Et ravi, la dépose aux pieds du Dieu vivant.

En tourbillons réglés, vole, beauté sacrée!
Et remplis la teneur des célestes mandats,
Complète du Très-Haut la cité délabrée,
Par tes Fils de la Croix invincibles soldats.
Le Christ au jour marqué va séparer les justes;
Ton œil les reconnaît à leurs marques augustes,
Les saints prédestinés, ta gloire et tes honneurs;
Ton sourire les suit jusques à leur rivage;
Puis contre les méchants, pétulente de rage,
Tu venges à grands coups tes contraintes faveurs. (*)

Comme un homme accablé sous le mal qui le tue,
Tu languis bien long-temps sous le faix des pervers;
Tu vis avec effroi leur raison corrompue
Faire au vice odieux servir tout l'Univers.
Le Dieu qui te créa, qui sort par tous tes pores,
Que l'on palpe des yeux sur tes belles aurores,

(*) Au grand jour, l'univers combattra avec Dieu contre les
insensés. *Sap.* c. 5, v. 21.

Ces esprits pénétrants ne surent point le voir ;
Ou bien ils en ont fait un Dieu plein de paresse,
Complice des méchants, injuste, sans sagesse,
Un monstre digne d'eux et de leur vil espoir.

Tu vengeras de Dieu les œuvres profanées
En éclatant contre eux comme un arc détendu.
Tes habiles archers, les tonnantes nuées,
Frapperont droit au cœur ces hommes sans vertu.
La mer comme un lion bondira de colère ;
La terre furieuse, errant loin de sa sphère,
Jettera son fardeau comme un coursier sans freins.
Enfin, nouveau Samson, la charpente brisée
Et le palais croulant sur la base écrasée,
Tu périras gaîment avec les philistins.

Juste, ne te plains point de la bonne Nature,
Faite pour ton bonheur ! Sans ton crime, jamais
D'elle tu n'eus reçu la plus petite injure ;
Elle eût bercé son roi dans des torrents de paix.
Ses zéphirs embaumés, ses odorants feuillages,
Son printemps éternel, son Ciel exempt d'orages
D'une immortelle vie auraient doté tes sens ;
Et c'est avec regret, pour plaire à la justice,
Que d'une main tremblante elle t'offre un calice
Plein de vie et de mort, de joie et de tourments.

Bois sans la blasphémer, bois de cette onde amère ;
Sous ses coups mérités que ton humble vertu
Soit, comme au sein des mers, un écueil solitaire
Qu'en vain depuis mille ans la tempête a battu.
Comme on châtie un fils que l'on destine au trône,
La nature, ô Chrétien ! ta nourrice et ta bonne,
Par la voix des douleurs te ramène au devoir.
Avec un front baissé reçois la discipline
Des grêles, des revers, de la pâle famine,
Des langueurs, de la mort amante de l'espoir.

Un jour des cris de mort retentirent au monde,
Et mirent un moment tous les Cieux en émoi ;
La nature rugit en sa douleur profonde,
Semble jusqu'au néant en reculer d'effroi.

Hélas! c'était Jésus qui rachetait les hommes
En échange donnant, non pas l'or des royaumes,
Mais donnant volontiers tout ce que vaut un Dieu,
Déclarant par ce fait à toute créature
Que l'amour que l'on doit au Dieu de la nature,
On le doit aux élus citoyens du saint lieu.

Mon roi, soyez béni! Que mon ame ravie
Célèbre votre amour jusqu'au sein du trépas;
Dieu qui fîtes pour nous, quoiqu'en dise l'impie,
Les soleils que je vois et que je ne vois pas!
Par les biens de l'exil je conçois la patrie :
Si la maison d'épreuve est riante et fleurie,
Si tant de doux flambeaux éclairent la prison,
Dans quels brillants palais, sous quel Ciel magnifique
Placerez-vous les saints dont votre Fils unique
Est le chef et l'ami, le frère et la rançon?

Pour regagner mon Ciel je livre à la souffrance
Ce cœur qui palpita d'un amour corrompu.
Que le pressoir des maux, jusqu'à la pure essence,
Réduise mon esprit par le crime déçu!
Il est juste qu'un roi qui, faute de sagesse,
A force d'ineptie et d'indigne bassesse,
Perdit avec l'honneur tous ses riches états,
Ne puisse remonter au trône de ses pères
Qu'après mille revers, mille épreuves amères,
Qu'en affrontant la mort en de nombreux combats!

LE CALME PLUS DOUX APRÈS L'ORAGE.

Depuis que de la créature
J'ai transplanté mon cœur en Dieu,
Je goûte une paix aussi pure
Que l'or éprouvé par le feu.
Te chérir, source de la vie,
A l'ame humaine il est bien doux !
C'est le plaisir digne d'envie :
Le repos, le bonheur, le Ciel, la vie et tout.
Qu'il me tarde que je te voie !
Je voudrais boire incessamment,
Non une goutte de ta joie,
Mais un torrent, un océan.

Comme un échappé du naufrage,
Je maudis les vents et les mers,
Jouissant du haut du rivage
Du souvenir de mes revers.
Que j'ai souffert, loin de ta vue !
De te revoir il m'est bien doux !
C'est une paix trop peu connue,
Le repos, le bonheur, le Ciel, la vie et tout.
Qu'il me tarde que je te voie !
Je voudrais boire incessamment,
Non une goutte de ta joie,
Mais un torrent, un océan.

Comme un agneau qu'on dilacère,
Le monde ainsi me maltraita ;
Je puisai dans sa coupe amère
Tous les maux qu'Eve occasiona.
Après une telle souffrance,
Mon Rédempteur, il m'est bien doux
De trouver en toi l'espérance,
Le repos, le bonheur, le Ciel, la vie et tout !
Qu'il me tarde que je te voie !
Je voudrais boire incessamment,
Non une goutte de ta joie,
Mais un torrent, un océan.

Cette volupté si vantée
Que l'on puise au moyen des sens,
C'est la vengeance consommée
Que tu retires des méchants.
Plus j'ai souffert de ta colère,
Plus ton amour, Seigneur, est doux !
J'y trouve ce que l'ame espère :
Le repos, le bonheur, le Ciel, la vie et tout.
Qu'il me tarde que je te voie !
Je voudrais boire incessamment,
Non une goutte de ta joie,
Mais un torrent, un océan.

Ah ! puisqu'il faut que le cœur aime
Les biens créés, ou l'Eternel,
Mon choix est fait, beauté suprême !
Je maudis l'amour criminel.
Loin de toi, fontaine de l'Être,
La raison meurt et se dissout,
Etant des esprits le bien-être,
Le repos, le bonheur, le Ciel, la vie et tout.
Qu'il me tarde que je te voie !
Je voudrais boire incessamment,
Non une goutte de ta joie,
Mais un torrent, un océan.

LE PLAISIR D'AIMER.

O le doux plaisir d'aimer
Une beauté qui vous aime !
J'ai trouvé le bien suprème,
Qui seul a pu me charmer.

Vous croyez vainement, dans la nature entière,
A l'objet de mon cœur trouver rien de pareil.
Tout les globes des Cieux et même le soleil
Que sont-ils, près de lui? qu'une obscure poussière !
      D'un mot en un instant
      Il tira du néant
      L'universalité des êtres.
Nocher de l'Univers, partout sur son vaisseau
      On lit ce titre beau :
      Juge des rois! maître des maîtres !!

O le doux plaisir d'aimer
Une beauté qui vous aime !
J'ai trouvé le bien suprème
Qui seul a pu me charmer.

Au Ciel, bien au-delà, sa gloire est répandue ;
Sa puissance s'étend jusques à l'infini.
Et ce monde si beau, d'un travail si fini ,
N'est qu'une ombre de lui dans le vide perdue.
      Tout entier en tout lieu,
      Il aime, ce grand Dieu,
      De résider dans l'ame pure.
Et non content pour moi d'avoir fait l'Univers,
      Il vient du haut des airs
      Me donner sa propre nature.

O le doux plaisir d'aimer
Une beauté qui vous aime !
J'ai trouvé le bien suprème
Qui seul a pu me charmer.

Le monde a disparu de mon esprit immense ;
Tout devant l'Être-mère est effacé des yeux ;
Comme on voit déserter les étoiles des Cieux
Quand du sommet des monts l'astre du jour s'élance !
Je bondis comme un feu
Jusqu'au trône de Dieu,
Jusqu'à sa gloire découverte ;
Et, dans son sein perdu, du haut de sa grandeur,
Je vois avec bonheur
L'immensité d'en bas déserte.

O le doux plaisir d'aimer
Une beauté qui vous aime !
J'ai trouvé le bien suprème
Qui seul a pu me charmer.

Aussi bon que puissant, il m'aime comme un père.
Soit que sa voix tonnante ébranle les déserts,
Ou que son œil plus doux rassure l'Univers,
Tout est pour mon bonheur jusques à sa colère ;
Et de biens un torrent
Déborde incessamment
De son heureuse plénitude ,
Comme on voit le Jourdain, au temps des fruits nouveaux,
Franchir, et de ses eaux
Désaltérer la solitude.

O le doux plaisir d'aimer
Une beauté qui vous aime !
J'ai trouvé le bien suprème
Qui seul a pu me charmer.

Tel qu'on vit autrefois, dans l'ardente Arabie,
Lorsqu'un fleuve d'Oreb jaillit en bouillonnant,
Le peuple juif brûlé, de soif étincelant,
Avidement puiser les eaux avec la vie ;
Aux mamelles de Dieu,
Les anges du saint lieu,

8

Tels collent leurs bouches avides ;
Sous les flots renaissants de science et d'amour,
Leur souriante cour
Agite ses ailes humides.

O le doux plaisir d'aimer
Une beauté qui vous aime !
J'ai trouvé le bien suprême
Qui seul a pu me charmer,

Un jour qui n'est pas loin, ma pauvre ame affamée,
Que le besoin d'aimer désole en ces vallons,
Va se voir réunie aux brillants nourrissons,
Qu'allaite Jéhovah là-haut dans l'empyrée.
Disparaîtront enfin
Ces fleurs qu'avec dédain
Je jetai comme une imposture.
Mon grand Dieu va combler ce difficile goût
Qui ne trouva partout
Et que l'aideur et que souillure.

O le doux plaisir d'aimer
Une beauté qui vous aime !
Mais une beauté suprême,
Qui seule a pu me charmer !!

HYMNE A LA VIERGE.

Chaste Marie, objet de ma pensée,
Seule beauté qui reçois mon amour,
Que je caresse , à qui je fais la cour,
Par qui sera ma chair angélisée,
Descends, descends de tes monts radieux ,
Descends, faisceau de lumière si pure,
Descends, descends, viens combler à mes yeux
Le vide affreux de l'immense nature !

Ou mieux, hélas! déliant le tissu,
Qui dans l'exil tient mon ame captive,
Fais vite que, colombe fugitive,
Elle aille au Ciel célébrer ta vertu.
Dans ce beau Ciel où ta face adorée
Partout au loin projette ses rayons,
Brillant bien mieux que la lune argentée,
Quand son doux char roule au-dessus des monts!

C'est là, c'est là que, d'amour frémissante,
Ma lyre en feu secondera ma voix,
Que tes cent noms, répétés mille fois,
Ébranleront la voûte étincelante ;
Que, signalé parmi tous tes amants,
Avide cour qui sans fin t'environne,
J'étonnerai, par mes transports brûlants,
Les Chérubins qui forment ta couronne.

Seul , l'habitant de la céleste cour,
Au front joyeux, à la voix inspirée,
Peut égaler, sur sa lyre dorée,
A tes grandeurs, ses cantiques d'amour.
Le poids du corps, du plus rare génie,
Arrète, hélas! l'élan audacieux ;
L'ame céleste, en ce monde bannie,
Connait très peu les merveilles des Cieux.

Ton doux reflet chassa la nuit obscure
Où s'égaraient toutes les nations ;
Et par toi, Dieu, tempérant ses rayons,
Fut plus utile à l'humaine nature.
Telle au Lapon égaré dans sa nuit,
Prête Phébé sa lumière empruntée ;
Tel enchantenr, l'astre du jour nous luit,
En nous riant, d'une nue argentée.

Dis, que faisaient tous les peuples divers
Quand tu parus, guidant comme une aurore
L'astre divin que l'Univers implore ?
Quoi ! tous dormaient ! Tu luisais au désert ! !
Tandis que Dieu, charmé de ta lumière,
Incliné vers les rives du Jourdain,
S'applaudissait d'avoir fait à la terre
Un si beau don, chef-d'œuvre de sa main !

A ton aspect, l'heureuse Galilée,
Poussant des cris jusqu'au Ciel entendus,
Au genre humain qui ne l'attendait plus
Signale enfin la paix humanisée.
Le mousse ainsi demi-mort de terreur,
Voyant l'aurore en une nuit d'orage,
Du haut des mâts jette un cri de bonheur
Et rend la vie au mourant équipage,

Ton sein, neuf mois, ô prodige inoui !
Porta le Dieu de toute la nature.
Son sang lava du monde la souillure :
Ce sang divin, c'est toi qui l'as fourni.
Du Père épouse, et comme lui féconde,
Tu mis au jour son Verbe unique fils.
Assise en haut sur le trône du monde,
Le sort de tout en tes mains est remis !

Tous ces démons répandus dans l'espace,
Esprits géants qui, pour détrôner Dieu,
Mirent le Ciel et la nature en feu,
Ta main brisa leur redoutable audace.
Leur fier tyran dont la vertu ferait
Pirouetter le monde dans le vide,
Vaincu, lié, comme un enfant, tremblait
Au seul regard d'une vierge timide.

En haut frappé par ce cruel dragon,
Adam croula sur la terre étonnée ;
Ruine immense, au fond abandonnée,
Désordre, horreur de la création.
Mais tu naquis, et ce grand édifice
Jusques à Dieu par toi fut relevé.
Honneur, honneur à la réparatrice,
Sans qui le Ciel restait inachevé !

Noble instrument de la toute-puissance,
Bras par lequel elle atteint jusqu'à nous,
Tous les esprits t'adorent à genoux,
Ces grands soleils, foyers d'intelligence !
Du saint amour, les torrents éternels
Roulent par toi dans ces vastes génies
De rang en rang, en flux perpétuels.
Voilà des Cieux les chutes infinies.

Mais cette amour, source de volupté,
De chœur en chœur, par ton ame fondue,
Remonte à Dieu comme elle est descendue,
Pour de rechef inonder la cité.
Dieu boit en toi la louange des êtres,
En toi la voix de la terre et des mers,
Monde abrégé, grand-prêtre de ses prêtres,
Beau Ciel des Cieux, centre de l'Univers !

Reçois, reçois, ô nôtre avant-courrière !
Reçois les vœux que, dans tous les climats,
L'humble sujet, comme les potentats,
T'envoient là-haut du fond de leur misère !
Tu naviguas sur le même vaisseau,
Comme nous pauvre, étrangère et plaintive,
Souple à l'orage, à l'égal du roseau,
Tendre au malheur comme la sensitive.

Daigne des Cieux, daigne te souvenir
Et des périls et des maux de ta race ;
Jette sur nous un regard de ta face,
Gage assuré d'un meilleur avenir.
Ton doux éclat chassera la nuit sombre
Qui tient, hélas ! les peuples enchaînés ;
Et s'enfuiront dans le pays de l'ombre,
Ces noirs typhons contre nous acharnés.

L'EXILÉ.

Toi qui reviens dans la patrie,
Ami, que je te trouve heureux !
De ton père la main chérie
Va sécher les pleurs de tes yeux.
Pour moi, sur cette rive sombre
Retenu parmi les douleurs,
J'ignore, hélas ! même le nombre
Des ans fixés à mes malheurs !....
Je sais seulement qu'il arrive,
Ce jour si riant et si doux
Que je dirai : Pour l'autre rive
Embarquons-nous, embarquons-nous !

Au sol natal quand je rappelle
Que tous mes frères sont des rois ;
Que chacun d'eux brille, étincelle
Plus que les astres que je vois ;
Ce souvenir double ma peine,
Rend mes chagrins bien plus amers ;
Je maudis le sort qui m'enchaîne
Sur cet écueil battu des mers.
Mon seul espoir c'est qu'il arrive,
Ce jour si riant et si doux
Que je dirai : Pour l'autre rive
Embarquons-nous, embarquons-nous !

Que j'aime tes clartés divines,
Mon pays! tes torrents d'amour,
Tes chants joyeux et tes collines,
De la paix éternel séjour!
C'est là que l'ame de mes pères,
Assise pour l'éternité,
Boit l'oubli des peines amères
Parmi des flots de vérité.
Ah! qu'il me tarde qu'il arrive,
Ce jour si riant et si doux
Que je dirai : Pour l'autre rive
Embarquons-nous, embarquons-nous!

Un beau printemps exempt d'orage
Est ton immortelle saison.
Ton soleil d'or et sans nuage
Jamais ne quitte l'horizon.
Des esprits unique pâture,
Sa clarté comble tous les vœux;
Elle coule en eux sans mesure,
Ils en sont pleins, ils sont heureux.
O Dieu! je me meurs s'il n'arrive,
Ce jour si riant et si doux
Que je dirai : Pour l'autre rive
Embarquons-nous, embarquons-nous!

Toujours ici quelques tempêtes
Grondent, menacent d'engloutir;
Et les foudres sont toujours prêtes
A mettre en poudre le plaisir.
Etant d'absynthe empoisonnée
La coupe du meilleur festin,
Si l'ame ne reste affamée,
Le trépas la frappe soudain.
O Dieu! je me meurs s'il n'arrive,
Ce jour si riant et si doux
Que je dirai : Pour l'autre rive
Embarquons-nous, embarquons-nous!

Je vois la mer pleine de voiles
Qui voguent vers ces beaux pays.
Chaque jour, parmi les étoiles,
Sont introduits mille affranchis.
Quel étonnement les transporte !
Que ces immortels sont heureux !
La lyre en main, d'une voix forte,
Ils entonnent l'hymne des Cieux.
O Dieu ! je me meurs s'il n'arrive,
Ce jour si riant et si doux
Que je dirai : Pour l'autre rive
Embarquons-nous ! embarquons-nous !!

O mes compagnons d'infortune,
Qui jadis pleuriez comme moi,
Qui maintenant, dans la fortune,
Mangez à la table du Roi,
Dites-lui que son fils ne cesse
De convoiter son doux regard,
Qu'hélas trop long-temps il me laisse
Parmi les enfants de Cédar !
Oh ! oui, je mourrai s'il n'arrive,
Ce jour si riant et si doux
Que je dirai : Pour l'autre rive
Embarquons-nous ! embarquons-nous !!

LE RETOUR DU PRODIGUE.

LE MONDE.

Mais, de ce pas ferme et rapide,
Jeune voyageur, où vas-tu ?
Viens puiser à cette eau limpide
Qui d'assoupir a la vertu.

LE PRODIGUE.

Adieu, je reviens à mon père,
Ancien monarque de ces monts,
D'où roulent sans fin de lumière
Les flots qui dorent les vallons.
Tous ses sujets portent couronne ;
Chacun d'eux brille comme un feu.
L'Eternité leur sert de trône.
Je vais, je cours, je vole : adieu.

LE MONDE.

Prête l'oreille au doux murmure
Qui te sollicite au repos.
Parmi les fleurs et la verdure,
Viens cueillir l'oubli de tes maux.

LE PRODIGUE.

Non, non, je reviens à mon père
Que je quittai pour mon malheur,
Grand-roi qui, de la terre entière,
Est l'espérance ou la terreur.

C'est lui qui fait naître l'aurore :
Il habite un pays de feu.
De le voir, la soif me dévore ;
Je vais, je cours, je vole : adieu.

LE MONDE.

La part de l'homme , en ce bas monde,
Est de jouir des biens présents.
Suis avec moi le cours de l'onde ,
Flairons les roses du printemps.

LE PRODIGUE.

Adieu , je reviens à mon père,
Qui fit d'un mot tout l'Univers ;
Qui sema la belle poussière
Des globes roulants dans les airs.
Ce monde n'est qu'une étincelle
Qui jaillit de son sein de feu ;
Dans ce beau sein il me rappelle ,
Je vais , je cours, je vole : adieu.

LE MONDE.

Parmi les danses et les fêtes ,
Les doux propos et les chansons ,
Par mes délices toujours prêtes
Je fais sourire tous les fronts.

LE PRODIGUE.

Non , non, je reviens à mon père ,
Je suis déjà bien loin de toi ,
Vil imposteur que la misère
Fait gémir ainsi que l'effroi.
J'ai vu tes arides esclaves
Pleurer , te maudire en tout lieu.
Enfin libre de tes entraves,
Je vais, je cours, je vole : adieu.

MON CHOIX.

Le monde m'offre un lit de roses
Tout dissolvant de volupté ;
De belles fleurs naguère écloses
Il promet le don enchanté,
Tandis que Dieu ne me présente
Que des épines, des tourments,
Pour lit une couche sanglante
De glaives et de clous perçants.
Toutefois, que je les préfère,
Ces traits cuisants, mais glorieux,
Qui me réforment sur la terre
Pour me faire régner aux Cieux !

Défions-nous de l'apparence
D'un plaisir sans réalité.
La chair conduit à la souffrance
Qui brûle dans l'éternité.
L'homme léger et téméraire,
Qui croit aux promesses des sens,
De l'absinthe la plus amère
Boira des flots dans ses vieux ans ;
Mais le sage, qui crucifie
Ses appétits irréfléchis,
De la vertu qui vivifie
Dans son cœur portera le prix.

LE PLUS BEAU DES COEURS.

Comme dans la voûte azurée
Des étoiles la mieux parée
Brille l'étoile du matin ;
Ou comme un lis balancé, étale
Sa belle tige sans rivale
Sur le bord du ruisseau voisin ;
Le cœur ainsi candide et chaste,
Maître des sens empoisonneurs,
Qui foule du monde le faste,
Est le plus aimable des cœurs.
L'or et les pierres précieuses,
Qui brillent sur le front des rois,
Moins que ce cœur sont radieuses,
Je le dis et dirai cent fois.
Outre l'honneur qui l'environne,
Même en ce monde corrompu,
Un jour, assis sur un beau trône
Qu'au Ciel lui dresse sa vertu,
Ce cœur, aujourd'hui si timide,
Plongera son regard avide
Au sein du Dieu qui le sauva ;
Et l'aspect de tant de merveilles
En des extases sans pareilles
Dans tous les temps le jettera.

LE REPENTIR.

J'ai commis de grands maux , ô Dieu de la nature !
  Ayez pitié de ma douleur,
Et que votre colère éclate avec mesure
  Contre un infortuné pécheur !

Si vous pesez au poids de l'exacte justice
  Le nombre grand de mes forfaits ,
Quel tonnerre vengeur , ah ! quel affreux supplice
  Va me pressurer désormais ?

J'en frémis ; mais, Seigneur, j'oppose à la vengeance ,
  Dont j'ai déjà senti les coups ,
Ce repentir amer qui force la clémence
  Et désarme votre courroux.

Je dénonce mon crime aux peuples de la terre ;
  Puisse ma honte et mes remords
Me mériter , grand Dieu ! ce doux regard de père
  Qui redonne la vie aux morts !

Comme un spectre géant nous poursuit en un songe ,
  Ainsi mon crime est contre moi ;
J'ai beau me détourner, il me presse, il me plonge
  Dans le plus désolant effroi.

Plus nombreux que les eaux dans les airs répandues ,
  Plus lourd qu'une masse de plomb
Il courbe en disloquant mes épaules rendues ,
  A la terre colle mon front.

Que puis-je dire ? hélas ! quand la nature entière
  Sur moi croulerait à l'instant ,
Cette affreuse rigueur me semblerait légère
  Tant le mal que j'ai fait est grand.

Jeté par des brigands en un désert sauvage,
    Votre amour vint m'y recueillir ;
La fortune de Dieu devint mon héritage ,
    Ses royaumes mon avenir.

De ton banquet divin trop honoré convive ,
    Sur ton sein collé chaque jour ,
Ton regard caressant dans mon ame plaintive
    Prodiguait des trésors d'amour.

Égal en espérance à l'héritier unique ,
    Enfant gâté de ta maison,
Je brillais comme un feu sous l'auréole antique
    Dont la vertu ceignait mon front.

Malheureux ! quoi ! j'ai pu renoncer à te plaire ,
    Dédaigner cet excès d'honneur !
Préférer un tyran au légitime Père ,
    Au Ciel le souverain malheur !

Loin du toit paternel j'ai pu faire alliance
    Avec tes cruels ennemis !
Leur servir d'instrument pour souiller l'innocence ,
    Ravir les cœurs que tu chéris !

Tu le pus , misérable et séducteur infâme
    Des épouses de l'Eternel ;
Détestable Ruben , de qui l'impure flamme
    Profana le lit paternel !

Serviteur infidèle autant que fils impie ,
    Rempli d'un adultère feu ,
Tu convoitas l'amour de l'épouse chérie
    Et tu te fis rival de Dieu. (*)

(*) Cette pensée est de Saint Grégoire le Grand, qui dit dans son pastoral :
   « *Adulterinæ cogitationis reus est, si placere puer sponsæ*
» *oculis appetit.* »
   « L'enfant de l'Eglise, qui cherche à plaire charnellement à
» cette épouse de Dieu, se rend coupable d'une pensée adul-
» tère. » J'ajoute *incestueuse.*

C'est pour cela, mon Dieu, que mon ame à toute heure
Tire de mon cœur gémissant
Les murmures amers d'une lyre qui pleure,
Que je ressemble au pélican.

Seul avec ma douleur, durant la nuit tranquille,
Je me nourris de mes regrets.
Trop heureux que l'espoir, mon baume et mon asile,
M'accompagne au sein des forèts !

J'espère, maître bon, en ta miséricorde,
Dont regorge tout l'Univers ;
Qui, pour mieux éclater, avec choix se déborde
Sur les errants les plus pervers.

Qu'on la chante à jamais, la bonté qui pardonne,
Cette chère brise du soir ;
Baume des cœurs brisés, doux parfum de l'automne,
Préservatif de désespoir !

Qu'il jouit, le forçat, lorsqu'un roi débonnaire
Le tire du fond des cachots !
Quel bonheur étincelle au front du mercenaire
Quand le soir mène le repos !

Ainsi Dieu réjouit mon ame pressurée
Par les terreurs de l'avenir ;
Son pardon est au cœur ce qu'aux fleurs la rosée
Et les caresses du zéphir.

Burinez dans vos cœurs, races qui devez naître,
Que le Dieu que je sers est doux.
Éprouvez son amour et faites-le connaître
A ceux qui viendront après vous.

L'impie et l'assassin célèbrent sa clémence
Dans sa désirable cité.
Il ne faut qu'une larme, un peu de pénitence
Pour fléchir son bras indompté.

POUR LA FÊTE DE SAINTE LUCE.

Oh ! qu'il fut court , le temps de ma douleur !
Qu'il durera , le fruit de ma victoire !
Aux chevalets a succédé la gloire ,
Aux cris de mort un éternel bonheur.
Pour un plaisir qui m'aurait profanée ,
    Dont je méprisai les attraits ,
    Je puise la joie à longs traits
    Dans les torrents de l'empyrée.
    Qu'elle est belle , la pureté !
    Qu'elle est aux cieux récompensée !
    Il faut à Dieu l'éternité
    Pour payer à l'ame embrasée
    Le prix de la virginité.

UN AVIS.

De même qu'un jeune arbrisseau
Veut un appui contre l'orage,
Qu'un gouvernail mène un vaisseau
Malgré les vents au doux rivage;
Contre les tempêtes du cœur,
Ainsi la Vierge ballottée,
A sa vertu mal assurée
Doit rechercher un protecteur;
Mais aux pilotes de ce monde,
Ou malhabiles ou changeants,
Qu'avec réserve ne se fonde
Ton cœur si riche en sentiments.
Entièrement ne te confie
Qu'à la chaste et bonne Marie,
Gardienne de notre trésor :
Par sa main ton cœur, trop sensible,
Armé d'un courage invincible,
Se verra libre avec transport
De ce penchant de la nature,
Aussi fatal, hélas! que doux,
Qui fait aimer outre mesure,
Qui montra des égards pour nous.
Avoir un ami qui nous aime,
Rien n'est plus doux de prime-abord;
Souvent c'est un malheur extrême;
Le crime vient, puis le remords.
Crois-moi, demeure indifférente,
Sans haine comme sans amour,
A nul nuisible, mais contente,
Et pure jusqu'au dernier jour.

LA BEAUTÉ SUPRÊME.

Que si la beauté les délecte, qu'ils sachent combien le
père de la beauté est plus beau que ses créatures.
Sap., c. 13, v. 3.

Grand Dieu! qu'un regard de ta face
Dans tes palais doit rendre heureux !
Mets vite fin à ma disgrace ;
  Mon Dieu, comble mes vœux.

Ah! si dans la nature entière
Tout charme un cœur ami du beau ,
Ombre des bois, douce lumière ,
Azur des cieux créés d'un mot !

Si dans la Vierge à l'ame pure
Tu mis des charmes si flatteurs ,
Si le souris d'une figure
Comme un lis embaume les cœurs ;

Grand Dieu! qu'un regard de ta face
Dans tes palais doit rendre heureux !
Mets vite fin à ma disgrace ;
  Mon Dieu, comble mes vœux !

Les rayons pourprés de l'aurore ,
De la nuit les mille rubis ,
Le vent, des bois lyre sonore ,
C'est en jouant que tu les fis.

J'aime la lune, suspendue
Comme une lampe dans les cieux,
Me riant du sein de la nue
Ainsi qu'un ange radieux.

Combien de fois mon ame amère,
Sur les bords fleuris des ruisseaux,
A vu ses maux et sa misère
S'enfuir au loin avec les eaux?

Victime, hélas! de l'injustice,
J'aime les solitaires bords
Où la nature protectrice
Remplit mon cœur de ses trésors!

Grand Dieu! qu'un regard de ta face
Dans tes palais doit rendre heureux!
Mets vite fin à ma disgrace;
    Mon Dieu, comble mes vœux!

Mais plus sont beaux les bas rivages,
Plus je désire de te voir;
De fuir bien loin de tes ouvrages,
De ta beauté sombre miroir.

Cette voûte qui nous enchante,
D'où pendent de si doux flambeaux,
N'est qu'une toile étincelante
Qui cache des mondes plus beaux.

Ah! c'est là qu'est de la lumière
Le foyer, l'océan béni;
Que l'ame humaine y désaltère
D'aimer le besoin infini.

Là, plus de ces vicissitudes
Et des nuits sombres et des jours.
Dans ces heureuses latitudes,
Beau soleil, tu brilles toujours!

Comme un vol d'aiglons intrépide,
Je vois tes saints avec bonheur
Plonger en toi d'un œil avide,
Etinceler de ta splendeur.

Comme des barques balancées
Sur les flots des tranquilles mers,
Je vois voltiger leurs pensées
Loin dans ce nouvel Univers.

Enfin ta beauté souveraine
Se donne en spectacle aux élus.
Devant cette magique scène
Toile ne se baissera plus.

Grand Dieu! qu'un regard de ta face
Dans tes palais les rend heureux!
Mets vite fin à ma disgrace ;
   Mon Dieu! comble mes vœux!

LA CRAINTE.

Je le sais, que ta foudre,
Grand Dieu! peut me briser ;
Mais je ne suis que poudre,
Daigne me pardonner !

A charge à ta clémence,
Digne de châtiment,
Je frémis quand je pense
Au malheur qui m'attend.
Si tu le veux encore,
Je le puis, ô Dieu bon!
Du mal que je déplore,
Obtenir le pardon !

Je le sais, que ta foudre,
Grand Dieu! peut me briser;
Mais je ne suis que poudre,
Daigne me pardonner !

A force de me plaire
L'infâme volupté
En immense colère
A changé ta bonté.
Mais on dit que les larmes
Apaisent ta fureur.
Je pleure !... Que tes armes
Respectent ma douleur !

Je le sais, que ta foudre,
Grand Dieu! peut me briser;
Mais je ne suis que poudre,
Daigne me pardonner !

Si vous n'étiez propice
Surgiraient en tous lieux
Contre votre justice
Des blasphèmes affreux.
Pardonnez, ô bon Père !
Afin que votre amour
Jusqu'aux bouts de la terre
Soit chanté nuit et jour.

Je le sais, que ta foudre,
Grand Dieu ! peut me briser !
Mais je ne suis que poudre,
Daigne me pardonner !

SOUPIR D'AMOUR.

Qu'il est doux d'aimer Dieu! qu'il est grand de lui plaire!
On trouve en le servant le solide bonheur!
Il est contre l'orage un abri salutaire,
Et dans les plus grands maux la ressource du cœur.

A chercher le Seigneur qui me donna la vie,
Je passerai gaiment le reste de mes jours,
Foulant les vains plaisirs qui flattent notre envie,
Mais ne remplissent pas comme lui notre amour.

Rien ne manque dans nous quand sa douce présence
D'un torrent de bonheur inonde notre sein,
Qu'ivres de l'entrevoir en sa magnificence,
Tous les biens d'ici-bas ne nous paraissent rien!

Du bonheur permanent, ô fontaine éternelle!
Où conduit le chemin de l'austère vertu,
Beau Jésus! Aussi doux à qui vous est fidèle,
Qu'amer et redoutable à l'homme corrompu!

Laissez-moi de votre eau m'abreuver à mon aise;
De cette eau qui jaillit jusqu'au jour sans déclin.
Que nul autre bonheur ici-bas ne me plaise,
Que de cette eau toujours mon calice soit plein!

Entre mille beautés éparses en ce monde,
Qui peut, ô Roi des rois! se comparer à vous?
Vous êtes de beautés une mer très profonde,
D'où ces faibles ruisseaux découlèrent pour nous.

Vous jetâtes d'en haut ces gouttes passagères
Afin de réfléchir votre éclat à nos yeux,
Et pour guider en paix nos barques étrangères
Vers l'immense océan qui remplit tous les Cieux.

Mais l'impie, oubliant que votre être suprème
Est la source du bien et de la volupté,
Il préfère adorer ces ombres de vous-même,
Et méprise du Ciel l'immortelle clarté.

Infortuné ! pourquoi demandez-vous la vie
A des êtres sujets comme vous à la mort?
Pourquoi chercher la paix de votre ame flétrie
Parmi des malheureux, tristes jouets du sort?

Le Seigneur est la paix de votre ame affamée,
Rien du monde ne peut le lui faire oublier.
Ne vous arrètez point aux gouttes de rosée,
Puisqu'il vous faut la mer pour vous rassasier.

J'avais tracé par jeu, dans mon parterre, une
Croix, un Tombeau, un Calice et une Barque.
Ce plan m'a fourni les quatre méditations sui-
vantes :

LA CROIX.

Que je me plais dans ton enceinte ,
Parterre tracé de ma main !
Dans ton religieux dessin
Je lis ma triste vie empreinte.

Je m'assieds près de cette Croix ,
Précieux souvenir d'une douleur divine,
Où , par mes soins , fleurissent à la fois
La sensitive et l'églantine.

Hélas ! d'une immense douleur ,
Comme la Croix mon cœur porte la trace !
J'y cherche vainement une petite place
Où n'ait plongé son dard l'inflexible malheur.

Des malices d'autrui déplorable victime,
Je nombre, hélas ! mes jours par mes revers.
Presque en naissant plongé dans le fond d'un abîme,
Aux pleurs toujours mes yeux furent ouverts.

La disgrace en sa coupe amère
De chagrins et d'ennuis me fit boire des flots ;
La mer ballotte moins les tristes matelots ,
Quand les vents ont brisé leur nacelle légère.

Dans ce saint-lieu , mon cœur repose-toi
Loin des hommes méchants, auteurs de ta souffrance ;
Recueille ici les leçons de constance
Que te donne en mourant ton Sauveur et ton Roi.

L'homme sera jaloux quoique l'on fasse ;
Rien ne corrige un sot par l'orgueil corrompu ;
Toujours la sale envie imprimera sa trace
    Sur le chemin de la vertu.

Accabler de ta haine un méchant qui t'outrage,
    A quoi cela te sert,
Sinon à t'avilir toi-même d'âge en âge ?
    Lis sur la Croix, lis dans ce livre ouvert
Le pardon que l'airain grava dans chaque page,
Pour plaire à ton Jésus de blessures couvert,
Oppose à la fureur un bénigne langage.

La Croix où Dieu mourut est du monde moral
La loi qui le régit, l'astre qui le console ;
C'est de l'humanité la brillante auréole,
Son rempart le plus sûr contre les dieux du mal.

C'est avec ce levier que Christ leva le monde
De sous l'énorme poids de notre iniquité.
Avec ce talisman des Enfers redouté,
Le héros déjoua la malice profonde
Du Monstre qui tenait le genre humain dompté.

Par un coup de sa Croix, comme d'un coup de glaive,
    Fut en lambeaux mis ce fameux écrit,
Par lequel, sous le joug de l'infernal esprit,
Nous étions asservis sans relâche, ni trêve.

Le trône du tyran en poudre disparut
    Sous les monceaux de nos chaînes brisées,
Et roula jusqu'au fond des voûtes embrasées,
Comme un message heureux, l'annonce du salut.

Notre géant broya, comme de la poussière,
Les innombrables monts que les titans affreux
Entassèrent jadis dans la sainte carrière
Pour fermer aux humains le retour dans les Cieux.

Les routes de Sion ainsi furent purgées
Des brigands Philistins la terreur d'Israël ;
Les filles de Juda, par Samson protégées,
Gravirent sûrement les sentiers du Carmel.

Du péché, de la mort, effroyables vampires,
Qui, comme un peu de pain, dévoraient les empires,
 La Croix brisa le règne détesté.
Comme deux malfaiteurs liés à la potence,
Ils virent expirer leur antique arrogance
Sur l'instrument de mort qu'ils avaient exalté.

Sur la race d'Adam exerce ta furie,
Trépas, enfant du crime, usurpateur vaincu ;
Des générations, vite engloutis la vie,
Sur le tombeau du monde assied-toi résolu.

Nous verrons, nous verrons un beau roi de théâtre
Suivre du Conquérant le triomphe remis ;
Nous verrons des élus le tyrannique pâtre,
Devenu le jouet de tous ses ennemis.

 Mort, qu'as-tu fait de ta puissance altière ?
 Qu'est devenu cet empire éternel ?
 Ton aiguillon est réduit en poussière.
  Rentre aux Enfers, reine éphèmère !
  Vive la Croix ! vive le Ciel !
  Où règne, en un trône immortel,
 L'humanité, jadis ta prisonnière !

 Il fut rusé, celui qui te dompta ;
L'homme-Dieu du pécheur ayant pris l'apparence,
A le frapper de mort finement t'exita.
Criminelle à ton tour, tu perdis ta puissance :
Ta royauté d'un jour en ses mains repassa.

Qu'utile est ton pouvoir, ô Croix ! phare du monde,
 Mot de l'énigme et fil de l'Univers,
 Sans ta clarté, la nuit la plus profonde
 Couvre les Cieux, les terres et les mers.

  De la nature pensante,
  Tu débrouilles le chaos.

Dans tes bras rassuré, l'homme brave les flots
 Des passions, mer toujours mugissante.
Tu lui sers de degré pour monter dans les Cieux,
 De sauf-conduit pour aller jusqu'au trône
  Exiger la couronne
Que doit à ses combats le monarque des Dieux.

Le voyageur, assis sous un épais feuillage,
D'un pénible chemin est remis tout d'abord.
     Le naufragé, touchant au bord,
Jouit, quoique meurtri de l'onde et de l'orage.

Ainsi, sous ton refuge, après de longs travaux,
Dédaigné, gémissant, ô Croix ! je me repose ;
Ton bois ensanglanté de mes doux pleurs s'arrose.
Bravant les traits haineux de mes pâles rivaux ,
     Je respire une pause,
Et reprends, plein d'espoir, le fardeau de mes maux.

     Dans la prison qu'on appelle la vie,
     Bon gré, malgré, je dois faire mon temps,
Pour laver dans les pleurs ma coupable folie.
     Heureux, que l'ami des brigands,
Par les maux corrigé, puisse, dans sa patrie,
Revoir un jour son prince, embrasser ses parents !

Par son être accompli, Dieu, forcé d'être sage,
Préféra les douleurs pour sauver les humains.
Murmure qui voudra : j'adore son ouvrage
Et me présente aux coups qui partent de ses mains.

Voyant l'humanité dans son erreur profonde
     Se diriger vers les Enfers,
Sur les pas du plaisir qui trop bien la seconde,
     Dieu prit pitié de son travers,
     Planta la Croix dans l'Univers,
     Et la Croix réforma le monde.

LE TOMBEAU.

Comme le mercenaire attend la fin du jour,
Comme le prisonnier, sous le poids de ses peines,
Aspire au temps fixé qu'on doit briser ses chaînes,
Ainsi des malheureux le sépulcre est l'amour.

Dans ce lieu de repos, comme dans un asile,
Le juste ne craint plus que de soudains revers
Ne viennent en troublant sa fortune tranquille,
Réjouir de ses maux ses ennemis pervers.

C'est contre ce rempart que leur cabale affreuse
Vient briser en grondant ses coupables efforts,
   Comme on voit, loin des bords,
Refouler en fureur une mer écumeuse.

   C'est là que le tyran,
  Tout noir de colère et de crime,
  Tourmenté par la soif du sang,
Voit de ses bras d'airain échapper sa victime.

  Telle, quand sur le haut des monts
 Le daim du tigre échappe à la poursuite,
  La bête, de rage interdite,
De cris désespérés ébranle les vallons.

Dégoûts paralysants, regrets, ni maladies,
 N'approchent plus de ce tranquille lieu.
Le pauvre cœur humain n'est plus le triste jeu
 De l'espérance aux noires perfidies.

Le juste n'y voit plus sa bonne intention
  Par la malice empoisonnée ;
Ni des amis d'un jour l'amère trahison
Compléter de ses maux la liste infortunée.

Il est sourd aux débats des hommes en fureur
Qui jusque dans le fond troublent la vie humaine ;
Et ses yeux sont fermés aux spectacles d'horreur
    Qui s'accumulent sur la scène.

Sa milice est finie ! Et sa noble vertu
A déposé son arc et replié ses tentes,
Ne redoutant ni piége adroitement tendu,
Ni les traits dévorants des langues diffamantes !

Lorsque le détenu, par son habileté,
Parvient de sa prison à s'ouvrir une issue,
Il court, de vastes champs parcourant l'étendue,
Respirer sur les monts l'air de la liberté.

    Ainsi , la tombe est un heureux passage
Par où l'homme de bien, délivré de ses fers,
S'envole avec bonheur dans un autre Univers,
Se refaire en un jour des maux de l'esclavage.

Là , tout s'estime au poids de l'exacte raison.
Son mérite jadis foulé par le caprice,
Repoussé dans l'oubli comme en une prison ,
Est sur un trône d'or placé par la justice.

Plus il eut à souffrir des injustes dédains
    Dont l'accabla la malice des hommes,
Plus sa gloire étincelle aux célestes royaumes,
Plus du vin des élus ses calices sont pleins.

Caressé par le Dieu qui fabriqua le monde,
Loué pour ses vertus à la face des Cieux,
Il ne changerait point son destin glorieux
Pour l'empire, ici-bas, de la terre et de l'onde.

Qu'importe maintenant à ce juste opprimé
Que des petits esprits, la jalouse influence,
Ait couvert d'une nuit une belle existence,
Par qui tout l'Univers aurait été charmé ?

Que lui fait maintenant la douleur passagère,
L'affront immérité qui troubla son repos ?
Qu'importe que son nom, sur ta terre étrangère ,
N'ait point dans l'avenir rencontré des échos ?

Les annales du Ciel conservent sa mémoire ;
Tous les chœurs à l'envi répètent son grand nom.
Durant l'Eternité, les anges, sur son front ,
Liront de ses vertus la merveilleuse histoire .

Tandis que vos écrits, vos immortalités ,
Superbes, vont périr sous le monde qui croule ,
Par la main du Très-haut, de la céleste foule,
Sur le trône éternel les faits sont burinés .

Mon cœur rejette au loin la dangereuse amorce
De la gloire que donne un monde mensonger .
De ses arbres plus beaux , que fait-il surnager ?
Une ombre fugitive, une fragile écorce ;
Devant d'autres témoins l'arbre doit se juger .

La louange est à Dieu qui créa le génie ,
Qui fait aux gens de bien le don de la vertu.
Frémis, en rappelant le destin d'Ananie
Qui ne remit pas tout et qui fut abattu .

Efface-toi , néant de la scène du monde ;
Que Dieu se montre seul dans l'œuvre de ses mains ;
Et qu'en le célébrant à l'envi, les humains
Reconnaissent dans toi sa sagesse profonde.

Je vois des dons du Ciel le superbe couvert
    Se pavanant devant la race humaine,
Pareil à l'histrion de pourpre recouvert
    Qui fait de son roi sur la scène.

Ce mérite étranger, orgueilleux, fais le tien ;
Du matin jusqu'au soir, va, fais le comédien :
L'Eternel punira ton larcin téméraire.
Tu voulus en toi seul et vivre et te complaire,
Au lieu de rendre honneur à l'auteur de tout bien.
A ton être réduit , chassé de la lumière,
Tu connaîtras bien tard ta réelle misère ,
Que le Seigneur est tout , et que l'homme n'est rien !

    Pourquoi, mon cœur, pourquoi veux-tu paraître ?
        Regarde, vois, sur ces hauts lieux,
Les branches et le tronc d'un énorme et vieux hêtre
Rompus et dispersés par des vents furieux.

Vois cet éclat de foudre
Qui vient de mettre en poudre
Ce chêne de nos monts, l'orgueil et le plaisir;
Tandis qu'en ces ronces cachée,
La violette n'est penchée
Qu'au souffle caressant de l'amoureux zéphir.

Comme une vierge, aussi belle que pure,
Nous cache ses appas derrière un voile épais ;
Ainsi, derrière la nature,
De son front radieux, Dieu cache les attraits.
Sous un voile de chair, il vint dans ces royaumes
Rouvrir du Ciel le chemin ignoré ;
A ce maître absolu des anges et des hommes,
Sous l'emblème du pain je suis incorporé.

Ainsi, partout, notre grand Dieu se cache,
Et semble fuir le dangereux honneur
Pour t'enseigner à fouler sans relâche
Ton orgueil affamé de gloire et de grandeur.

Les tendres fleurs, par la nuit raffraîchies,
Meurent quand du soleil paraît le front brûlant ;
Ainsi, les vertus sont par la gloire flétries,
Et l'on n'est pur qu'en se cachant.

Mets à profit l'oubli dans lequel on te laisse ;
Sous les yeux de ton Dieu, pratique la vertu,
Evite les regards d'un monde corrompu,
Que la sagesse aigrit, que le mérite blesse.
Plongé vivant dans l'ombre du tombeau,
Un meilleur juge te contemple.
Déjà le Roi du monde, en son auguste temple,
De ton apothéose allume le flambeau.

LE CALICE.

La vie est un calice autour duquel se presse
    La foule avide des humains.
Bien qu'il soit plein de fiel, chacun de nous s'empresse
    De le saisir de ses deux mains.

La vie est-elle un bien pour mériter ce zèle?
    Brisons avec dédain, brisons
Ce vase empoisonné, d'où la douleur cruelle
    Sur nous déborde à gros bouillons!

Arrête ce transport, arrête téméraire!
    Ne maudits point les dons des Cieux.
Ce calice d'abord fut doux et salutaire,
    Rempli d'un vin délicieux.

D'une immortalité, dans tous les points heureuse,
    L'homme fut doté par le Ciel.
Aux mamelles du monde, ame voluptueuse,
    Tu suçais un jour éternel!

Hélas! l'homme superbe insulta l'innocence,
    Ordonnateur de ce festin;
Elle revint aux Cieux : la mort prit l'intendance,
    Et souilla tout de son venin.

Je connais, je connais des douleurs le mystère.
    Tonne, perverse impiété;
Tonne, insulte, blasphème, augmente ta misère,
    En Dieu n'est point l'iniquité.

Il ne peut, cette essence en tous points infinie,
    Etre injuste, insage, cruel.
L'homme meurt cependant affamé de la vie,
    L'homme donc est né criminel.

Parti des champs d'Eden, ce fait, de race en race,
    Jusques à nous est parvenu ;
Et c'est lui qui remet la raison sur la trace
    Dé l'homme aux sages inconnu.

Otez le Rédempteur, j'approuve la furie
    De tous ces farouches Romains
Qui jetaient en riant le fardeau de la vie,
    Comme pour railler les destins.

10

Mais je chéris la vie et son amer breuvage,
  Parce que Dieu s'est incarné ;
Après qu'il a des maux sanctifié l'usage,
  Je bénis le Ciel d'être né.

Sois tranquille, ô mon ame ; accepte cette coupe
  Que le héros du Golgotha
Présente à savourer à la petite troupe
  Des justes qu'il prédestina !

A l'exemple d'un Dieu, bois jusques à la lie,
  Et dans peu de jours enchanté,
Au Ciel , mieux que jadis , je la verrai remplie
  Du vin de l'immortalité.

A la table du Verbe, abreuvé de son onde,
  Ivre de son propre bonheur,
Que je triompherai de n'avoir pris du monde
  Que le lot craint de la douleur,

D'avoir rejeté loin, en détournant la tête,
  Son vase barbouillé de miel,
Où chaque goutte d'eau renferme une tempête
  Grosse des vengeances du Ciel ;

Au banquet des pécheurs d'avoir quitté ma place
  Dans la florissante saison,
Pour n'avoir pas, plus tard, à n'offrir à la grâce
  De cœur et d'ame, qu'un tronçon.

O foi ! divine foi !! force de l'ame humaine,
  Source des penchants généreux ,
Lorsque sur notre cœur tu domines en reine,
  Que l'on est grand! qu'on est heureux !!

L'on affronte en riant le glaive et les tortures,
  Et l'œil farouche du tyran ;
L'on se fait un honneur des plus basses injures,
  On trouve la vie en mourant.

Gronde, monde impuissant, promets, menace encore,
  Dresse en fureur tes échafauds;
L'œil fixé dans les Cieux sur ma naissante aurore,
  Je brave tes biens et tes maux !

❀

LA BARQUE.

Jeté sur cet écueil par la vague en furie,
Par mon ange sauvé de la rage des mers,
J'ai tracé d'un esquif la figure chérie,
Comme un mémorial des maux que j'ai soufferts.

Tel un vieux nautonnier décrit pour se distraire
Au retour de sa course en des pays lointains,
Et ses nombreux vaisseaux brisés par l'onde amère,
Et les rochers déserts témoins de ses chagrins.

Téméraire nocher, sans carte et sans étoiles,
Sans craindre les périls, follement élancé,
Au gré de tous les vents donnant à pleines voiles,
Combien de fois j'ai vu mon navire brisé !

Adieu, perfide mer, qui trompas ma jeunesse
En berçant mon espoir d'un fugitif bonheur.
La misère et le deuil, sont-ce là la richesse,
Les biens que tu promis à mon crédule cœur ?

Pour moi seul, tu devais cesser d'être orageuse,
Changer tes aquilons en dé tièdes zéphirs ;
Je devais aborder sur une rive heureuse
Où les malheurs jamais n'ont troublé les plaisirs.

Comme la froide mort, sourde à ma voix plaintive,
Tes flots, barbare mer, plein d'horreurs m'ont jeté
Au peuple antropophage, épandu sur ta rive,
Qui, comme un mets promis, attend le naufragé !

Quand le marchand cupide entend siffler l'orage,
Il regrette son toit qu'il n'eût pas dû quitter,
Le calme revenu vite il fuit le rivage
Jusqu'au dernier écueil qui le doit fracasser.

Je n'imiterai point sa coupable folie,
O toi, qu'à mots voilés je maudis en ce lieu !
Prometteur patelin que suit l'ame avilie,
Reçois de ta victime un dédaigneux adieu !

J'ai quitté pour toujours la pirogue du monde,
Masure de navire où j'ai failli périr ;
Et le Dominateur de la terre et de l'onde
Sur son vaisseau royal a daigné m'accueillir.

Ce navire divin ne craint point le naufrage ;
Les éléments ont beau se liguer et mugir :
Conduit par la Sagesse, au but de son voyage,
Malgré les tourbillons il est sûr d'aboutir.

Que l'on vogue gaîment avec un tel pilote !
Tandis que tout se brise et s'abîme à l'entour,
Depuis l'antique Adam ce beau navire flotte,
De marins ravisés s'emplissant chaque jour.

Vogue en paix de l'Eglise, admirable navire !
Et, quoique empreint du sceau de l'immortalité,
Que tout souffle ennemi devant toi se retire,
Le souffle caressant de la brise excepté !

Tu parcours tous les coins de ces confins des mondes,
Où l'homme naufragé lutte contre la mort ;
Tu viens nous arracher à la fureur des ondes,
Sans toi l'humanité n'eût retrouvé son port.

Tel un vaisseau de France, après une tempête,
Allume son fanal au milieu des débris,
Et reçoit à son bord, avec un air de fête,
Un ramas d'étrangers dont il fait des amis.

Que je t'aime, ô vaisseau qui, d'une mort certaine,
Pirate que j'étais, vingt fois me retiras !
Que je repose en paix, soit qu'une douce haleine
Ou qu'un noir aquilon souffle au travers des mâts !!

Oh ! je t'aime bien plus qu'un vieux matelot n'aime
Son navire indompté, son unique berceau,
Son monde, sa patrie, et sa beauté suprême,
Son foyer paternel, le lieu de son tombeau !

Que je me plais à voir, sur les mers écumantes,
Tes cent mille rameurs comme un seul manœuvrer ;
Foudroyer en passant les flottes arrogantes,
Tout courber sous tes lois ou tout à fond couler !

Reine de l'océan, religion unique !
Quand le soleil paraît, tous les Cieux sont déserts ;
Ainsi disparaîtront , à ton aspect magique,
Tous tes frêles rivaux, vils écumeurs des mers.

Mon grand Dieu, qui d'un mot fit la belle nature,
Met à te fabriquer six mille ans de labeurs.
Le vieux nocher du monde a formé ta mâture,
Comme son coup de maître et son plus bel honneur.

Vogue, puissant navire, où l'ame fortunée
Ne craint plus les revers, les douleurs, ni la mort.
En dépit des méchants, poursuis ta destinée,
Dépose les élus sur le céleste bord.

Quand de la fleur du monde à l'éternelle rive
L'heureux débarquement enfin sera fini ,
Mon vaisseau, nous irons ensemble à la dérive
Sur les tranquilles mers qui baignent l'infini.

Le souffle du bonheur seul enflera ta voile
Sur ces flots enchantés où règne l'Eternel.
De ce parage il est la lumineuse étoile,
Le vent qui raffraîchit, le breuvage immortel.

Hélas ! si trop souvent, ramant en sens contraire,
J'ai cotoyé l'étang d'où l'on ne revient pas,
Mon Dieu, soyez touché de ma douleur amère !
Cédez à mes regrets l'oubli des attentats !!

J'irai dans l'Univers dire à ceux qui périssent :
Il est un Ciel plus doux au-delà du tombeau ;
Les sages par l'Eglise en ces lieux aboutissent ;
Quittez votre felouque, entrez dans le Vaisseau.

EXCITATIONS A LA VERTU.

Premier Dialogue.

LE JEUNE HOMME.

Ami, je suis ma destinée,
Je vole à la gloire, au plaisir;
Puisque la vie est si bornée,
Il faut se hâter d'en jouir.

LE VIEILLARD.

Si tu ne veux flétrir ta vie,
Jeune étranger, sois vertueux ;
Que ton grand cœur n'ait d'autre envie,
Dieu t'offre le Ciel, sois heureux !

LE JEUNE HOMME.

D'autres m'ont dit que la tristesse
Etait le pain de la vertu.
Adieu, je cède à la jeunesse ;
Nul autre bien ne m'est connu.

LE VIEILLARD.

Ce monde, où tu parais à peine,
A des sentiers bien périlleux !
Mon fils, ta route est peu certaine;
Dieu t'offre le Ciel, sois heureux !

LE JEUNE HOMME.

Dans cette nuit si traversée,
Peux-tu blâmer qui peut jouir.
De pleurs la terre est arrosée,
Insensé qui fuit le plaisir.

LE VIEILLARD.

Que l'ame des sens est impure!
Que son avenir est affreux!!
Il n'est que la vertu qui dure ;
Dieu t'offre le Ciel , sois heureux!

LE JEUNE HOMME.

Non, non, sur la mer de ce monde
Je veux me bercer à mon tour ;
Au loin , si la tempête gronde ,
Je serai bientôt de retour.

LE VIEILLARD.

Au port, quand l'on a fait naufrage,
Est-il temps de jeter les yeux ?
Demeure ancré près du rivage ;
Dieu t'offre le Ciel, sois heureux !

LE JEUNE UOMME.

Plusieurs, après les jours prospères
D'un printemps long et très serin,
Dans les bras des vertus austères,
Sont revenus sur le déclin.

LE VIEILLARD.

Oh ! de cette fleur qui t'honore
Conserve l'éclat précieux !
Arrive au soir tel qu'à l'aurore :
Dieu t'offre le Ciel, sois heureux !

LE JEUNE HOMME.

O vieillard, ta noble parole
Ramène au bien mon cœur trompé.
Toujours tu seras mon idole,
Sainte vertu qui m'as charmé !

LE VIEILLARD.

Elle environnera ta tête
D'un diadème de splendeur,
Sera ton roc dans la tempête
Et ton appui dans le malheur.

Mon fils, du bas monde où nous sommes
J'ai pesé les biens et les maux.
Tout ce qui dégrade les hommes
Est le poison de leur repos.

Pour moi, je touche à mon aurore ;
Je meurs, et renais glorieux.
Sois bon , je te le dis encore ;
Dieu t'offre le Ciel, sois heureux !

Deuxième Dialogue.

LE JEUNE HOMME.

Mes premiers pas sont pour la gloire :
Sa voix a séduit mon grand cœur ;
Mourir sans laisser de mémoire,
C'est pour moi le pire malheur.

LE VIEILLARD.

Toute gloire n'est pas durable,
Ni digne de tes nobles feux ;
Il n'en est qu'une inébranlable ;
Dieu t'offre le Ciel, sois heureux !

LE JEUNE HOMME

Mon nom, proclamé d'âge en âge,
Dans le lointain de l'avenir
Me préservera du naufrage
Où le vulgaire doit périr.

LE VIEILLARD.

Mon fils, peu doivent y prétendre :
Rien n'est durable en ces bas lieux.
D'ailleurs, l'homme est sourd dans sa cendre ;
Dieu t'offre le Ciel , sois heureux !

LE JEUNE HOMME.

L'honneur m'appelle, il faut le suivre ;
De moi l'on parlera toujours.
A l'homme , il est trop doux de vivre ;
Je veux éterniser mes jours.

LE VIEILLARD.

Etre pur, c'est l'unique gloire
Des hommes grands et généreux.
Le bon vivra plus que l'histoire ;
Dieu t'offre le Ciel, sois heureux !

LE JEUNE HOMME.

Eh ! quoi de plus digne d'envie
Que de remplir tout l'Univers,
Et , sans sortir de sa patrie,
De traverser les vastes mers ?

LE VIEILLARD.

Qui vit dans ses projets modeste
Est de tous le moins soucieux ;
Trop vouloir à l'homme est funeste ;
Dieu t'offre le Ciel , sois heureux !

LE JEUNE HOMME.

Hélas ! faut-il que je renonce
A l'espoir qui flattait mon cœur ?
Le vrai pour nous est une ronce ;
Notre repos est dans l'erreur.

LE VIEILLARD.

Tu dis vrai pour l'homme coupable.
Sois pur, utile, généreux ;
Dès-lors, ta paix sera durable ;
Dieu t'offre le Ciel, sois heureux !

LE JEUNE HOMME.

Vieillard, mon ardeur téméraire
Le cède à tes conseils prudents.
C'est là-haut, dans une autre sphère,
Que l'homme peut braver le temps.

LE VIEILLARD.

Hélas! aux portes de la vie,
Dont j'ai couru tous les chemins,
Qu'une erreur de peine est suivie,
Et peut aigrir nos beaux destins!

Ce monde finira, sans doute ;
Nul nom n'y sera répété.
O jeune homme, il n'est qu'une route
Qui mène à l'immortalité !

Aime Dieu; fuis l'attrait du vice ;
Sèche les pleurs des malheureux,
Orne ton front de la justice ;
Dieu t'offre le Ciel, sois heureux !

Troisième Dialogue.

LE JEUNE HOMME.

Je touche aux beaux jours où l'on aime,
Vieillard; arrêtons un moment.
Tu pourras en jouir toi-même :
Trouve qui t'aime et sois content.

LE VIEILLARD.

Mon fils, l'amour a de faux charmes :
Il est plein de soins douloureux;
Il aime à voir couler des larmes;
Dieu t'offre le Ciel, sois heureux !

LE JEUNE HOMME.

Le beau penchant de la nature
M'entraîne vers le doux plaisir ;
Je ne vois qu'une beauté pure
Qui puisse combler mon désir.

LE VIEILLARD.

A toi semblable, elle soupire ;
Son cœur est triste et malheureux.
Peut-on donner ce qu'on désire ?
Dieu t'offre le Ciel, sois heureux !

LE JEUNE HOMME.

Du bel éclat qui l'environne,
Peut-on ne pas être enchanté ?
A son aspect mon cœur frissonne
De la plus douce volupté.

LE VIEILLARD.

Plusieurs qui l'aimaient à ton âge
N'ont trouvé qu'un poignard affreux.
Mon fils, à mes dépens sois sage ;
Dieu t'offre le Ciel, sois heureux !

LE JEUNE HOMME.

Au lieu des biens qu'elle propose,
Mais à ma soif que promets-tu ?
Faut-il, si jeune, que j'arrose
L'âpre sentier de la vertu ?

LE VIEILLARD.

Quelle soit l'amour et la gloire
De ton cœur jeune et valeureux,
Pour prix de ta noble victoire,
Dieu t'offre le Ciel, sois heureux !

LE JEUNE HOMME.

Dieu, Ciel, Vertu, noms magnifiques,
Par moi méconnus trop long-temps,
Soyez l'objet de mes cantiques !
Ma gloire en dépit des méchants !!

LE VIEILLARD.

Hors de Dieu, tout n'est que fantômes
Aussi dégradants que trompeurs;
Le seul vrai bien digne des hommes
Est de s'unir à ses grandeurs.

Lorsqu'ainsi l'ame est exaltée
Jusqu'au séjour des vrais héros,
Des faux biens qu'elle est dégoûtée !
Qu'elle est plus forte que les maux !

Marche, marche par où le juste
Sort de ce cachot rigoureux ;
Elève en haut ta tête auguste ;
Dieu t'offre le Ciel, sois heureux !

Quatrième Dialogue.

LE JEUNE HOMME.

Deux sentiers s'offrent dans la vie.
Ami, lequel dois-je choisir ?
L'un mène à la plaine fleurie,
L'autre à des monts qui font frémir.

LE VIEILLARD.

Le monde est une onde orageuse :
Le salut est sur les hauts lieux ;
Monte donc, ame vigoureuse,
Dieu t'offre le Ciel, sois heureux!

LE JEUNE HOMME.

Mais là-bas je n'entends que fêtes,
Là-haut je vois couler des pleurs ;
Les roses, là, parent les têtes,
Tu ne recueilles que douleurs.

LE VIEILLARD.

Vois-tu ces tombes préparées ?
C'est pour ces riches vicieux.
Ailleurs, mes fleurs sont arrosées ;
Dieu t'offre le Ciel, sois heureux !

LE JEUNE HOMME.

Tout me dit que mon ame est née
Pour jouir du monde enchanteur,
Que de ma course infortunée
Je dois adoucir les rigueurs.

LE VIEILLARD.

Ah ! si ton cœur n'a d'autre attente,
Pleure : ton destin est affreux !
La vertu seule nous contente,
Dieu t'offre le Ciel, sois heureux !

LE JEUNE HOMME.

Dans un si court pélerinage,
Il est pour l'homme deux saisons.
Je finirai par être sage,
Du monde j'accepte les dons.

LE VIEILLARD.

Pour la vertu c'est toujours l'heure,
Jamais pour le vice hideux.
Lui seul est cause que je pleure ;
Dieu t'offre le Ciel, sois heureux !

LE JEUNE HOMME.

C'est assez : de mon insconstance
Le mouvement est arrêté,
O ma vertu, ferme assurance,
De gloire et d'immortalité !

LE VIEILLARD.

Soit qu'elle passe solitaire,
Soit qu'elle éclate à tous les yeux,
Elle contente une ame fière,
Elle est la portière des Cieux.

Les biens, les maux, ici tout passe;
Dieu seul, mon fils, est éternel!
Sans cesse il observe la trace
De l'homme impur et criminel.

Heureux qui, dans son ame pure,
Porte le Dieu de l'Univers;
Il est plus grand que la nature
Et maître des plus grands revers.

Pour moi, j'entre dans la patrie
Pour un temps, faisons nos adieux.
Sur mes pas traverse la vie;
Dieu t'offre le Ciel, sois heureux!

Cinquième Dialogue.

LE JEUNE HOMME.

Mon cœur est brisé, je succombe;
J'abhorre le monde imposteur.
Sans toi, j'arrivais à la tombe,
Sans avoir trouvé le bonheur.

Heureux qui trouve un ami sage,
Qui le ramène au droit sentier;
Il échappe à plus d'un orage,
Et peut braver le monde entier.

Vieillard, tu mets fin à ma honte;
Je retrouve mon noble orgueil.
Sur tes brillants sommets je monte,
Je veux y poser mon cercueil.

LE VIEILLARD.

J'y vis en paix, loin des tempêtes
Qui désolent l'ambitieux;
Viens ici partager mes fêtes;
Notre front touchera les Cieux.

Heureux, mon fils, à qui le vice
N'offre rien que de dégradant,
A qui le bien de la justice
Plus qu'un royaume paraît grand !

Puisque l'amour du bien te touche,
Que la vertu charme ton cœur,
Elle te prépare une couche
Pour t'unir avec le bonheur.

La vertu d'abord semble austère,
Son dehors nous paraît affreux,
Mais sa coupe est la moins amère ;
Oh ! ses fruits sont bien savoureux !

Que ses rochers soient ton refuge
Contre la colère des mers ;
Et souviens-toi qu'il est un juge
Pour le juste et pour le pervers.

Pour moi, mon beau demain arrive ;
J'ai vécu mon jour glorieux.
Viens, je t'attends sur l'autre rive ;
Dieu t'offre le Ciel, sois heureux !

Sixième Dialogue.

LE JEUNE HOMME.

Mon ame n'est plus consolée :
Le mal l'entoure de ses flots.
Le monde impur l'a désolée
En lui promettant le repos.

J'abreuvai ma première enfance
De ses plaisirs empoisonneurs ;
J'ai payé cher mon imprudence !
Ami, sois touché de mes pleurs.

La vertu faisait ma richesse
Avant que le mal m'eût trompé
Par elle brilla ma jeunesse :
Son joug était ma liberté.

La vertu, sur ses ailes pures,
Eleva mon cœur jusqu'à Dieu ;
L'amour pesant des créatures
L'a rabaissé dans le bas lieu.

Noble vertu que j'ai foulée,
Tes monts sont bien battus des vents !
N'importe, je fuis la vallée ;
Tu touches aux astres brillants.

O Dieu, qui vois de ton rivage
Combien je veux m'unir à toi,
Conserve long-temps l'ami sage
Par qui je t'ai rendu ma foi !

LE VIEILLARD.

Jeune homme, de ta noble audace
Qui n'admirera les transports?
Jamais ne détourne ta face
De dessus les célestes bords.

Puisque ton ame, jeune encore,
Relève son front abattu,
N'aime plus que ce qui t'honore,
Grandis en âge et en vertu.

Celui que sa pourpre environne
Est plus beau qu'un roi glorieux.
Les ans respectent sa couronne ;
Il est concitoyen des Dieux.

Rendre les cœurs à la sagesse,
Du juste c'est le plus beau prix ;
Va donc publier la richesse
Du grand Dieu dont tu t'es épris.

Redis, en traversant le monde,
A ceux dont le cœur est souffrant,
Long-temps ma douleur fut profonde,
J'ai trouvé Dieu, je suis content.

Mais l'heure sonne : adieu, je quitte
Ce monde vide et ténébreux.
Oh! ne retarde plus ma fuite!
Dieu t'offre le Ciel, sois heureux!

Septième Dialogue.

LE JEUNE HOMME.

Je marchais dans la route sainte
Quand le péché me rencontra ;
J'osai croire à sa douceur feinte,
Dans un abîme il me plongea.

Heureux qui, loin de la souillure,
Coula sa première saison,
Hélas! et dont l'amour impure
Ne dégrada point la raison!

Vertu, que ton nom a de charmes!
Que je déplore ce printemps,
Traîné dans les soins, les alarmes,
Dans les remords les plus cuisants!

LE VIEILLARD.

La sagesse est moins importune :
Elle a des soins moins épineux;
Elle fait chérir l'infortune,
Unit la terre avec les Cieux.

Mon ame aussi fut ravagée
Durant mon orageux printemps;
Mais la vertu l'a consolée :
Elle, embellit mes cheveux blancs.

Elle descendit sur la terre
Pour alléger le poids des maux.
Son trône est au haut du tonnerre ;
Elle y place les vrais héros.

11

Le matin qui me revit sage
Fut bien tranquille et radieux !
Je vis de l'immortelle plage
Me sourire le roi des Cieux.

Mon fils, ta coupe est encore pleine ;
J'ai vidé la mienne, et je meurs.
Plus ne redescends dans la plaine
Que tu baignas de tant de pleurs !

Demeure ici sur la montagne,
De la vertu séjour brillant ;
Avec une telle compagne,
Tu seras calme et vraiment grand.

Et si, de l'immortelle gloire,
Je te revois sur ces hauts lieux,
Entonne des chants de victoire ;
Dieu t'offre le Ciel, sois heureux !

Huitième Dialogue.

LE JEUNE HOMME.

Vieillard, ce Jésus que tu chantes
Excite mon cœur à l'aimer.
Tant de grandeurs que tu me vantes
Est sur le point de me charmer ;
Mais on dit que l'ignominie
Est le prix de ses sectateurs,
Qu'ici-bas leur ame avilie
N'a d'autre pain que les douleurs.

LE VIEILLARD.

Mon fils, ce grand nom que l'impie
Ne prononce point dans ses vers

Sera l'ornement de ta vie,
Et ton appui dans les revers.
C'est un Dieu qui trace la route
Aux hommes de vivre affamés,
Par qui, sous l'éternelle voûte,
Les vrais héros sont couronnés.

Si, de la beauté passagère,
Tu détestes l'enchantement,
Bientôt le Dieu de la lumière
S'abaissera dans ton cœur grand.
Toutes les fortunes des hommes
Ne seront qu'une ombre à tes yeux.
Chasse-moi tous ces vils fantômes ;
Dieu t'offre le Ciel, sois heureux !

LE JEUNE HOMME.

Que je déteste ma faiblesse !
Que ces destins me semblent beaux !
Affreux liens de la jeunesse,
Vous seuls vous prolongez mes maux !
Ne pouvant m'unir à cet être,
Je puis au moins verser des pleurs,
Et fatiguer l'écho champêtre
De mes sanglots consolateurs !

LE VIEILLARD.

Lorsque l'on abhorre le crime,
L'on est bien près de la vertu ;
Ami, ton regret magnanime
Du Dieu vivant est entendu.
Avec lui, ta noble alliance
Est déjà faite dans les Cieux.
Il ne faut que la constance ;
Dieu t'offre le Ciel, sois heureux

LE JEUNE HOMME.

Oui, je le sens, ce Dieu m'enflamme :
Je suis transporté dans les airs.
Mon cœur sur des ailes de flamme
Plane au-dessus de l'Univers.
A ses beautés mon ame unie
Se dédommage en peu d'instants
De tous les plaisirs de ma vie,
De tous mes amours dégradants.

LE VIEILLARD.

L'aimable Dieu de l'Evangile
Vint m'accueillir dès le berceau.
Je vis en lui pur et tranquile,
Et cours gaîment vers le tombeau.
Il promit la béatitude
Au juste, pauvre et malheureux ;
Fais de sa loi ta noble étude :
Dieu t'offre le Ciel, sois heureux !

LE JEUNE HOMME.

Non, de ce Dieu qui m'a fait naître,
Rien ne pourra me désunir.
La noble ardeur qui me pénètre
Est le garant de l'avenir.
Mon ame, par lui couronnée,
Reine des viles passions,
Préfère, ami, sa destinée,
A l'empire des nations.

LE VIEILLARD.

Celui qui règne sur lui-même
Et que la chair n'abaisse pas,
Porte un plus riche diadème
Que les glorieux potentats.
Sous ses pieds, le monde qu'il foule
Lui sert de degré jusqu'au Ciel ;
A chaque instant, loin de la foule,
Il s'élance vers l'Eternel.

Ta vie, et celle de l'injuste,
Ont même borne : le cercueil ;
Mais la tienne est la seule auguste,
Et la moins exposée au deuil.
Courage ! suis la sainte voie
Où t'ont conduit mes chants pieux.
Pour mettre le comble à ta joie,
Dieu t'offre le Ciel, sois heureux !

Neuvième Dialogue.

LE JEUNE HOMME.

Tant que la vertu fut ma reine,
Et que Jésus daigna m'aimer,
J'avais à qui conter ma peine
Dans la douleur et le danger.
Cet infâme nom, dit l'impie,
N'est cher qu'au vulgaire ignorant.
Je le crus, j'affranchis ma vie;
Depuis mon cœur est gémissant.

LE VIEILLARD.

Hélas! c'est ainsi que l'infâme
Sait faire aimer l'impiété,
Et fait trébucher la jeune ame
Dans ses filets d'iniquité.
Mais malgré sa philosophie,
Digne des monstres odieux,
Le Verbe seul donne la vie
Et nous élève au rang des Dieux.

LE JEUNE HOMME.

Pourquoi veux-tu, disait l'inique,
Suivre les pas d'un séducteur?
Vois sur son front mélancolique
Le gage sûr de ton malheur.
Pour toi naquit la créature.
Jouis de ta belle saison....
Prends pitié des maux que j'endure,
Grand Dieu, qui me rends la raison!

LE VIEILLARD.

La plus noire mélancolie
Est sœur de l'amour corrompu.
Que j'aime la douce folie
Par qui le calme m'est rendu!
Jésus change en des jours prospères
Ceux que le plaisir rend affreux.
Par cet art il trompa nos pères,
Et les mit tous au rang des Dieux.

LE JEUNE HOMME.

Des plaisirs saints de mon jeune âge,
Le souvenir double mes maux.
Je portais Dieu dans un cœur sage;
Le Ciel m'enivrait de ses eaux.
Mais bientôt, aimant d'autres charmes,
La paix me fuit avec l'honneur :
Fatal moment ! source de larmes!!
De ce jour date ma douleur.

LE VIEILLARD.

Puisque ta misère est profonde,
Espère, ami, Dieu sera bon.
Il se plaît à frapper le monde
Par des miracles de pardon.
Son cœur paternel se signale
Sur les pécheurs les plus fameux ;
Qu'à tes horreurs ta foi s'égale,
Tu seras mis au rang des Dieux.

Souviens-toi que la vie humaine
Ressemble à la blancheur des lis ;
Des passions l'impure haleine
Renverse ses honneurs flétris.
Mais l'éclat qu'à l'herbe ternie
Ne rend point la fraîcheur des Cieux,
Jésus le rend à notre vie
Et nous élève au rang des Dieux.

Heureux celui dont l'innocence
Fut toujours le bel ornement;
Qui ne fit aucune alliance
Avec sa tunique de sang !
Mais, quand du Ciel l'ame est tombée,
Qu'il est vil de long-temps ramper!
Voit-on pas la palme courbée
Au même instant se relever ?

Pour moi, j'ai de mon premier âge
Pleuré l'amour irréfléchi;
Je lève à l'immortelle plage
Mon front par le regret blanchi,

Au bout de ma pénible course
Luit un destin bien plus heureux;
Je retourne à ma noble source,
Et vais m'asseoir au rang des Dieux.

LE JEUNE HOMME.

Oui, je le sens, oui, ta tendresse
Ressemble au doux souffle du soir;
Dans les bornes de ta sagesse,
Grand Dieu! j'enchaîne mon espoir.
Mes chants divins, de race en race,
Témoigneront de ta bonté.
Comme moi, plus d'un sur ta trace
Trouvera l'immortalité.

Dixième Dialogue.

LE JEUNE HOMME.

Mon cœur soupire, mais j'ignore
La cause de mon sombre ennui.
Le désir d'aimer me dévore :
Je sens le besoin d'un appui.
Vieillard, de qui l'expérience
Est de sagesse un grand trésor,
Donne un remède à la souffrance
Qui me fait désirer la mort!

LE VIEILLARD.

L'on n'est heureux que lorsqu'on aime,
Mais donne à ton Dieu ton amour;
Loin de cette beauté suprême,
Le bonheur ne dure qu'un jour.
Prends garde que l'amour impure
Ne dégrade tes chastes feux;
Donne-leur un objet qui dure
Et qui t'élève au rang des Dieux.

LE JEUNE HOMME.

Le monde enchanté sollicite
Mon cœur à suivre son bonheur.
Chez moi, dit-il, la joie habite :
Je suis la mort de la douleur.

LE VIEILLARD.

Si pour la fange l'ame est née,
Aime les plaisirs, j'y consens.
Mais, ô Dieu ! que ta destinée
T'appelle à des transports plus grands !
Traîner ses jours dans l'esclavage ,
N'est-ce point un destin affreux ?
L'amant du bien est le seul sage
Digne de la gloire des Dieux.

LE JEUNE HOMME.

Entre deux amours je balance :
L'un est pur et l'autre riant ;
L'un est plus riche en espérance,
Je nomme l'autre en frissonnant.

LE VIEILLARD.

Entre l'honneur et l'infamie
Peut-on balancer de choisir ?
La paix sera toujours l'amie
De qui ne veut point s'avilir.
De tout sentiment qui t'abaisse
Foule le charme dangereux ;
Point de vrai bonheur sans noblesse ;
Il n'est complet que chez les Dieux.

LE JEUNE HOMME.

Malgré la bassesse du vice
Et la grandeur de la vertu ,
La résistance est un supplice,
Et mon courage est abattu.

LE VIEILLARD.

Eh quoi ! pour mériter la gloire
De planter au Ciel tes drapeaux ,

Oserais-tu craindre de boire
Dans la coupe des vrais héros ?
Relève ton ame alarmée,
Prends la cuirasse des saints preux ;
La foi te vaut plus qu'une armée ;
Ravis d'assaut le rang des Dieux.

LE JEUNE HOMME.

O Dieu ! Quelle chaleur divine
Elève mon cœur jusqu'à toi.
Je plane en haut et je domine
Le monde qui briguait ma foi.
Je te contemple et te révère,
Grand océan de vérité !
Les cieux crouleront sur la terre,
Que par moi tu seras aimé.

LE VIEILLARD.

Ainsi, dans la jeunesse tendre,
Qu'il est beau d'aimer le Seigneur !
A cet honneur qui peut prétendre,
Que l'homme doué d'un grand cœur ?
La route des cieux t'est ouverte,
Là nous attend un beau destin.
La gloire de Dieu découverte
Sera notre éternel festin.

En chantant la magnificence
Du souverain de l'Univers,
De mille âges la chaîne immense
Sera comme un jour de concerts.
Va, répète comme un tonnerre,
Parmi les peuples malheureux,
Qu'il est beau de fouler la terre
Et de s'asseoir au rang des Dieux !

Onzième Dialogue.

LE VIEILLARD.

Pourquoi maudire ainsi la vie,
Et t'abattre si promptement?
La dignité qui t'est ravie
Est là-haut dans le firmament.
Bien étroite est la terre entière
Pour l'homme infini dans ses vœux!
Le Christ peut sécher ta paupière
Et t'élever aux rangs des Dieux.

LE JEUNE HOMME.

A ce puissant nom je respire
Et relève mon front baissé;
Un espoir divin fait sourire
Mon cœur par la honte froissé.
O vieillard, prête-moi ta lyre
Pour maudire la volupté.

LE VIEILLARD.

A maudire, inaccoutumée,
Ma voix ne sait que chanter Dieu;
De jour en jour plus animée
A le célébrer en tout lieu.
Dans mon amer pélerinage,
Je dis sans cesse au malheureux :
Du vice impur rompts l'esclavage,
Rends-toi digne du rang des Dieux.

Mais si Dieu donne à la poussière
Ces charmes qui t'ont enchanté;
Mais si la créature entière
N'est qu'une ombre de sa beauté,
Dans quelle extase ravissante
L'aspect d'un front si radieux
Doit-il jeter l'ame innocente,
Assise en haut parmi les Dieux !

Nous serons, dans nos bonds rapides
Et nos élancements d'amour,
Comme des aigles intrépides,
Volés jusqu'à l'astre du jour;
Ou comme une masse tendante
Vers un aimant victorieux,
Comme la foudre bondissante
Jusques aux astres radieux.

De ton orageuse existence
Il faut épuiser les rigueurs ;
Comme un autre, de la souffrance
L'homme juste connaît les pleurs.
Voguant sur le même navire,
Par les foudres du Ciel frappé,
Comme le méchant il soupire,
De flots amers enveloppé.

Mais quand on aborde aux rivages,
Que leurs destins sont différents !
Auprès du souverain des âges
Les justes vont prendre leurs rangs ;
Et le Prêtre de ces portiques,
Dans les vins les plus savoureux,
Engloutit leur malheurs antiques,
En les rangeant parmi les Dieux.

LE JEUNE HOMME.

Toi qui du sommet de la vie
Touches à ces destins brillants,
Heureux vieillard, que je t'envie
Le privilége de tes ans !

Douzième Dialogue.

LE JEUNE HOMME.

Quand tu me parles de sagesse,
Noble vieillard, mon cœur ardent
Ressent un besoin qui le presse
D'entendre ta voix plus long-temps.
Ta grave raison fut mùrie
Par les épreuves des revers ;
Tu triomphas de la furie
Des vents brûlants de ces déserts.

LE VIEILLARD.

Lorsque d'un austère langage
L'on est à ton âge enchanté,
C'est le plus assuré présage
Que pour des beaux faits l'on est né.
Crains comme une bète farouche
Tous pensers bas et dégradants;
Que la vertu seule te touche,
Guide tes généreux penchants.

LE JEUNE HOMME.

Vertu, ton nom frappe mon ame
Comme un cantique de Sion !
L'ardeur céleste qui l'enflamme
A consommé notre union.
Sous tes étendards enrôlée,
Des méchants dédaignant le bruit,
Avec toi, loin de la vallée,
Sur les hauts monts elle te suit!

LE VIEILLARD.

Mon fils, la vertu du faux sage
N'est qu'un fantôme, qu'un vain nom :
La morale est dans son langage,
La bassesse en son action.
Fuis le plaisir illégitime,
Coupe ton pain aux malheureux;
Bénis le tyran qui t'opprime,
Tu seras dès-lors vertueux.

Ma vieillesse n'est point dupée
Par ces héros d'iniquité,
Dont la lyre est toute trempée
De sagesse et de volupté :
Auprès d'une belle sentence
Ils font l'éloge du plaisir,
Ou bien exaltent l'espérance,
Venant de nier l'avenir.

Leur fol orgueil du bien se joue,
L'amour, les femmes et le vin,
Sont pour tous ces hommes de boue,
Un assez relevé destin.
Couronnons, disent-ils, nos têtes
De parfums et de belles fleurs ;
Au milieu des chants et des fêtes
Du sort corrigeons les rigueurs.

Des justes étouffons la plainte,
Le Ciel est sourd à leur danger :
Race impure, frémis de crainte,
Dieu se lève pour te juger !
Tandis que leur infâme troupe
Exalte son frêle bonheur,
La mort leur apporte une coupe
Pleine d'une éternelle horreur.

Que la mort du juste est plus belle !
Quand ses mains lui ferment les yeux,
Il voit une aurore éternelle,
Prend en main la coupe des dieux.

LE JEUNE HOMME.

Vertu, vertu, que tu m'enchantes !
Que l'on est fier sous ton manteau !
Que j'aime à voir tes belles tentes
Briller au-delà du tombeau !
Grande sur cette basse terre,
Mais plus grande dans l'avenir,
Ta force égale le tonnerre,
Tu rafraîchis comme un zéphir.
Dans cette nuit si traversée,
De tant de larmes arrosée,

Dont je désire le déclin,
Amène, sans aucun naufrage,
Ma barque au céleste rivage,
Où luit un éternel matin.

Et toi, cher ami, qui te presses
Dans les cieux de prendre ton rang ;
Vois les périls où tu me laisses,
Parle à ton Dieu de ton enfant.
Dans les attaques imprévues,
Fais briller dans le sein des nues
Ton étoile au front radieux ;
Que ta présence me ranime
En me rappelant ta maxime :
Dieu t'offre le Ciel, sois heureux !

Treizième Dialogue.

LE JEUNE HOMME.

C'est fait, je consacre ma vie
Aux éloges de la vertu ;
Son nom divin me vivifie
Quand les chagrins m'ont abattu.
Semblable au rocher immobile
Dans le sein turbulant des mers,
Le juste resterait tranquille
Sous la chute de l'Univers.

LE VIEILLARD.

Ainsi qu'une beauté parée,
Qui, fraîche et rayonnante d'or,
Pour son hymen s'est préparée,
La vertu me plut jeune encor.
Que son indépendance fière

Nous entoure de dignité !
Sous Dieu je baise la poussière ,
Mais l'homme me trouve indompté.
De l'Evangile saint esclave,
Ennemi de ses ennemis ,
Rien de ce monde ne m'entrave ,
L'Univers entier m'est soumis.
Le médisant de l'Evangile
Ne saurait être homme de bien ;
Sa vertu n'est qu'un nom stérile
Et sa jactance ne peut rien.
En Jésus personnifiée ,
La vertu descendit des cieux.
L'ame qu'elle a glorifiée
A des autels dans tous les lieux.

LE JEUNE HOMME.

La vertu , que le philosophe
Exalte avec tant de fracas ,
Par une horrible catastrophe
Marque chacun de ses combats.
Mais, grand Dieu ! celui qui vous aime ,
Quels efforts peuvent l'ébranler ?
Ni les tyrans, ni la mort même
Ne le feront jamais trembler.
Du péché le noir artifice
Peut bien alarmer sa pudeur ;
Il craint les atteintes du vice
Comme le suprème malheur ;
Mais les nations frémissantes,
Qui voudraient abaisser son front,
Ne sont que des cendres volantes
Autour de la cime d'un mont.
Le fils de Dieu, que je contemple
Calme parmi les cris de mort,
Me donne le premier exemple
D'une constance sans effort.
Ce n'est point la raideur stoïque
D'un courage qui me déplaît;
C'est un géant mélancolique ,
Qui souffre la mort et se tait.

LE VIEILLARD.

Mais lorsque dans les solitudes,
Ou bien sur la cime des monts,
Il prêche les béatitudes
Et la concorde aux nations ;
Que près des femmes adultères
Son œil à la terre est baissé,
Ses vertus sont-elles moins chères,
Et lui moins digne d'être aimé ?
Celui qui dans le seul courage
Fait consister toute vertu,
N'est point digne du nom de sage ;
Tôt ou tard il sera battu.
Mais de cette vertu payenne
Quel fruit peut-il me revenir ?
Pour mes opprobres et ma peine
. Quel prix vois-je dans l'avenir ?

Le juste unit à la constance
Qui l'élève au-dessus des maux,
Un saint amour pour l'innocence,
La haine des plaisirs brutaux.
La douce paix est sa compagne ;
L'honneur sans cesse l'accompagne,
Il est toujours ami de soi ;
Et l'Eternel, qui le contemple,
Au haut de son auguste temple
Prépare ses habits de roi.
La vertu n'est pas un fantôme
Qui ne règne que dans l'esprit ;
Chaque fois que ma voix la nomme
Mon cœur embrasse Jésus-Christ.
Mon Dieu ! j'ai fini ma carrière ;
J'entre déjà dans la lumière
Dont s'enivrent les bienheureux ;
Du haut de cette ardente aurore,
Au monde je répète encore :
Dieu t'offre le Ciel, sois heureux !

Quatorzième Dialogue.

LE JEUNE HOMME.

Jésus-Christ, ami du jeune âge,
Auteur de ses nobles penchants,
J'ai pris ta loi pour mon partage
Malgré l'insulte des méchants!
Ils traitent d'indigne faiblesse
Mon espérance en ta promesse,
Mais, grand Dieu! je serai vengé,
Lorsque tout leur sénat immonde,
Dans les horreurs de l'autre monde,
Par ta fureur sera plongé.

LE VIEILLARD.

Console ton ame flétrie,
Taris la source de tes pleurs;
Pourquoi, mon fils, craindre l'impie
Et ses dédains blasphémateurs?
Pendant que leur troupe exécrable
Boit à la criminelle table
Le sang et les pleurs des élus,
Le ver rongeur de la colère
Mine leur fortune prospère:
Où sont-ils? Ne les cherche plus.

LE JEUNE HOMME.

Mais je ne crains ni ne méprise
De Dieu l'aveugle contempteur;
Celui qui contre un roc se brise
Est très digne de ma douleur.
Eh! quoi de plus digne de larmes
Que de le voir lever ses armes
Contre le dieu briseur des monts,
Qui d'un signe de sa paupière
Peut faire entrer dans la poussière
Tous les mondes que nous voyons!!

12

LE VIEILLARD.

Je plains l'erreur involontaire
De celui qu'on a su tromper ;
Qui, modéré dans sa misère,
Respecte s'il ne peut aimer.
Mais si dans ses transports, farouche,
Il blasphème Dieu dans sa bouche,
Rit quand le juste est massacré ;
De cet amas épouvantable
D'horreur, de crime détestable,
La haine est un devoir sacré.

LE JEUNE HOMME.

Quoi qu'il en soit, à l'Evangile
Tout mon avenir est remis.
Je brave la haine inutile
De ses féroces ennemis.
C'est un vaisseau que les tempêtes,
Dans leurs révoltes indiscrètes,
Peuvent jeter en divers lieux,
Mais qui, toujours sur la surface,
Jamais n'abandonne la trace
Qui le dirige vers les cieux !

LE VIEILLARD.

Un jour sa brûlante parole
Quittera ce bas univers,
Telle qu'un grand feu qui s'envole
Quand il a brûlé les déserts.
Dans le creuset incorruptible
De sa loi gênante, inflexible,
Il éprouve les nations,
Laissant au fond la pourriture,
N'emmenant que la race pure
Dans les célestes régions.

LE JEUNE HOMME.

J'ai vu l'humble fils de Marie
D'or et de gloire étincelant,
S'en revenant dans sa patrie
Comme un indomptable géant

Qui , vainqueur jusqu'au bout du monde
De tant de monstres odieux ,
Laisse les arcs de sa victoire ,
De ses hauts-faits la belle histoire ,
Pour servir d'exemple aux neveux.

LE VIEILLARD.

Et moi , dans son temple rustique
Je le vois, du soir au matin ,
Calmer le cri mélancolique
De la veuve et de l'orphelin.
La Vierge , tremblante, agitée ,
Pour sa vertu , si ballottée ,
En ce Dieu bon trouve un appui,
Et sans ce bel agneau qui crie ,
A l'instant croulerait l'impie,
Et le monde entier avec lui.

LE JEUNE HOMME.

Mais le jour qu'il daigne, en personne ,
Pour m'ennoblir descendre en moi,
D'un saint bonheur mon cœur frissonne ,
Mon ame est libre, je suis roi.
Au-delà des cieux je m'élance
En la formidable présence
De l'éternelle Trinité ,
Et des hauteurs de ce grand être
A peine je vois apparaître
Le bas monde que j'ai quitté.

LE VIEILLARD.

Le sort parfois n'est pas aimable ;
Mais la noirceur de ces moments
Vient toujours de l'oubli coupable
Des célestes commandements.
L'homme éloigné par ses orages
De ces fidèles témoignages
Qui nous placent au rang des dieux ,
N'est qu'une étoile vagabonde
Sans cesse errant autour du monde
Sans trouver la route des cieux.

LE JEUNE HOMME.

Loi de Jésus, loi ma richesse,
Qui fais des héros des enfants,
Et qui donnes à ma jeunesse
La dignité des cheveux blancs,
Sous le tranchant de ta parole,
Avec un grand bonheur j'immole
De mes sens le désir impur ;
Et si, pour confondre l'impie,
Il me faut te donner ma vie,
L'on sait mourir quand on est pur.

A L'ANGE DU SOLEIL.

Esprit de feu, semeur de la lumière,
  Guide dans l'air de l'aveugle soleil,
Qui depuis six mille ans poursuivant ta carrière,
Donnes dans tous les lieux le signal du réveil,
De tous les immortels qu'à diriger les mondes
    Préposa le maître des cieux,
Ange, par qui tout vit dans l'air, au sein des ondes,
    Tu n'es point le moins radieux !

Tel qu'un géant élancé dans l'espace,
  Laissant traîner tes longs cheveux-rayons,
Du terrestre Univers tu ravives la face ;
Du néant chaque jour tires les nations.
Tu refais en courant de l'immense nature
    Le grand, le variant tableau,
Et sa beauté renaît et plus jeune et plus pure
    A chaque coup de ton pinceau.

Mais ton pouvoir serait plus grand encore,
  Quand ton éclat brillerait à nos yeux
Trois cent mille fois plus que ton ardente aurore,
Quand ta face au matin sourit du haut des cieux,
Dieu seul est Dieu ; ta pure et séraphique essence
    Comme moi sortit du néant ;
Je te prie et t'honore, immense intelligence,
    Je t'aime et ne t'adore point !

J'adore Dieu, de qui tout reçoit l'être,
  Seul éternel, qui n'obéit qu'à soi,
Que même les enfers reconnaissent pour maître,
Dont le plus grand des Dieux n'est que le vice-roi.
Il donne à ses préfets les mondes pour provinces,
    Pour trône des globes roulants ;
De la création les anges sont les princes,
    La loi, les rouages vivants.

Mais toi, dis-nous, réverbère du monde,
Sage inspecteur des royaumes divers,
Qu'as-tu vu, que vois-tu dans l'éternelle ronde
Que tu fais nuit et jour partout dans l'Univers?
Les peuples et les rois, le noble et la roture,
 Le peuple saint et le gentil,
Cet animal raison, ce roi de la nature,
 L'homme, de quoi s'occupe-t-il?

 Quoi! tu pâlis? tout le Ciel devient sombre?
 Et sur ton front repliant tes rayons,
Tu te plonges d'horreur dans l'épaisseur de l'ombre
D'où la foudre, en grondant, darde ses aiguillons?
L'Univers, ébranlé sous les coups du tonnerre,
 Chancelle sur ses fondements,
Comme au sommet d'Athos un chêne séculaire
 Sous les secousses des autans!

 Partout, hélas! au lieu de la justice,
 Le mal élève un empire abhorré!
Au lieu de l'équité s'est placé le caprice,
Comme un tyran plus lourd que ton joug n'est sacré!
Adorable raison! immortelle droiture!
 Amante des cœurs généreux!
Leur trésor! leur besoin!!! des anges la pâture,
 Sans qui leur Ciel serait affreux!

 L'homme inutile, à grands frais de bassesse
 A l'amour-propre achète les honneurs;
A la sotte imprudence obéit la sagesse;
Le mérite gémit sous le poids des douleurs;
L'homme armé de sa langue, arc aux flèches impures,
 Imprégné dans le fiel du cœur,
Avec l'homme combat de dédains, d'impostures,
 De médisance et de noirceur.

 De cette guerre implacable furie,
 L'amour de soi, de superbe enflammé,
Sous le poids des sujets étouffe la patrie,
Le père sous le fer de son fils bien-aimé.
Il brise avec fracas empire contre empire,
 Nation contre nation.
Le monde forcené de ses mains se déchire;
 Il n'en peut plus des factions.

Là le pervers, sa langue dans la nue,
Comme un serpent darde l'impiété;
Et l'impudeur, ici, de sa chair toute nue
Exhale l'adultère et la lubricité.
Et la vierge et l'épouse ont rompu les beaux voiles
Dont les décorait la pudeur.
Aussi l'impertinence imprime en ces étoiles
Les stygmates du déshonneur.

D'extravagants une ligue infernale,
Pour entraver l'épurante vertu
Que l'Esprit éternel sur les ames exhale
Comme un creuset du monde en la fange abattu,
Enfoncent dans les sens les natures pensantes;
Voulant encor ces tristes Dieux,
S'ils pouvaient, aux accords des harpes délirantes,
Chaïrnaliser même les Cieux.

Tout obéit, dans les choses humaines,
Au sot orgueil, au sordide intérêt;
Et les filles du Ciel, ces immortelles reines,
Aigles que le Très-Haut admet dans son secret,
Les ames déités, contentes de fumée,
D'une ombre de bien qui les fuit,
Préfèrent aux vertus la creuse renommée;
Au Ciel une éternelle nuit.

A l'innocence on fait partout la guerre;
Le monde entier regorge de pervers
Qui, sur le faite assis, oppresseurs de la terre,
Se raillent du néant du Dieu de l'Univers.
Leur crime fortuné, qui lasse, impatiente
La justice qui les attend,
Dans leur tranquille paix à toute heure alimente
De leur malice le torrent.

La fourbe a pris de l'amitié sincère
Les beaux atours, les habits profanés;
Le traître paranymphe introduit l'adultère;
Par des soins patelins les bons sont fascinés,
Ou bien c'est un tyran, inquiet et farouche,
De noirs ombrages revêtu,
Qui torture une épouse à la céleste bouche,
Colombe, ange par sa vertu.

Sur les humains le malheur règne 'en maître;
　　Mais de nos maux, hélas! les plus affreux
Sont ceux que les cœurs vains en tous pays font naître,
Et dont les fils d'Adam se déchirent entr'eux!
Les utiles talents, repoussés par l'envie,
　　　　Cachent leur gloire au sein du deuil,
Vengés par les tourments dont ils sèment la vie
　　　　De l'ignorance et de l'orgueil.

　　Partout, toujours une tourbe orgueilleuse
　　De nains jaloux du mérite éclatant,
Comme le sombre enfer craignant la mort affreuse
Où les plonge tous vifs le solide brillant,
A force de clameurs, d'aigreurs, de calomnie,
　　　　Empoisonnent les dons des cieux;
Et des plus noirs chagrins l'ornement du génie
　　　　N'est qu'un instrument dangereux!

　　Monde : chaos, pays d'antropophages,
　　Confuse mer aux grands flots écumants,
Pêle-mêle de crime et de pleurs et d'orages.
Mais il sort avec bruit des limites du temps ;
J'aperçois l'Eternel l'accueillir aux issues,
　　　　Le ranger un peu chaque jour ;
Mes lumières jamais ne seront confondues :
　　　　Les gens de bien auront leur tour.

　　En attendant, autour de notre sphère
　　Tourne en volant, ange des malheureux,
Prodiguant le secours de ta douce lumière
Au juste qu'ont blessé des traitements affreux.
Garde pour les méchants la foudre et les orages
　　　　Que tu fabriques dans les airs;
Que ta crainte ramène à des conseils plus sages
　　　　Les cœurs qui troublent l'Univers.

　　C'est pour les bons que le Seigneur t'envoie ;
　　Le bon péri, tu reviens dans ta cour,
Et les mondes, laissés sans pilote et sans voie,
Courent comme des fous, se heurtent tour-à-tour ;
La nature brisée à travers les espaces
　　　　Avec un fracas effrayant,
Comme un songe de nuit, sans laisser nulles traces,
　　　　S'évanouit dans le néant.

L'ami du bien aime à voir ton aurore
    Chasser au loin les horreurs de la nuit;
Il n'est que le méchant qui te fuie et t'abhorre,
De joie à ton aspect tout le reste bondit.
C'est toi qui, te coulant sur un trait de lumière,
    Glisses à travers les barreaux
Pour consoler le bon qu'une injuste colère
    Retient dans la nuit des cachots.

    Ange, c'est toi, c'est ta lueur propice,
    C'est toi qu'implore en ses nuits sans sommeil
L'homme qu'on a nourri du fiel de l'injustice;
C'est de toi dans ses maux qu'il attend le réveil.
Loin des hommes jaloux, seul avec la nature
    Dont tu dévoiles la beauté,
Il guérit par l'oubli la cruelle blessure
    Que fit la médiocrité.

    Plus près de nous tu reçois la prière,
    Et l'humble vœu du juste gémissant;
Tu sais les déposer sans quitter notre sphère
Dans le sein de l'agneau des cieux, autel vivant.
Comblant par ta grandeur la distance infinie
    Du Ciel jusque dans ce bas-lieu,
Par les saints et les saints, de génie en génie,
    Tu nous conduits jusques à Dieu.

    Tourne pour nous, ange gardien du monde,
    Traîne ton Ciel dans ton cercle éternel,
Quoique loin de ta cour, bois de ton eau féconde,
Mais fais-moi souvenir que je suis immortel.
Donne-moi des pensers dignes de ce beau trône
    Qui m'est réservé dans les cieux;
Commande à la vertu qu'elle serve de bonne
    A ton frère du sang des Dieux.

    Soit qu'au couchant, dans un léger nuage,
    Ton œil divin se dévoile à demi,
Ou bien que ta lumière éclaire une autre plage,
Tu seras mon conseil, mon guide et mon ami.
Je te raconterai mon amère souffrance,
    Et la cause de mes douleurs;
Tu les diras à Dieu, mon unique espérance,
    Dont la main séchera mes pleurs.

Par lui sera ma tristesse changée
En saint espoir, en angélique paix ;
Il rendra le courage à mon ame affligée,
Et de mes ennemis brisera tous les traits.
Mon cœur retrouvera ces chants de gratitude
Que je modulais nuit et jour
Avant que les chagrins, l'ennui, la solitude
Eût brisé ma lyre d'amour.

Guide mes doigts sur la harpe divine,
Toi dont l'amour éclate comme un feu ,
Esprit qui , dès l'instant de ta noble origine,
Sus, comme il faut, chanter les louanges de Dieu !
Ils prêteront l'oreille à ma sainte harmonie,
Malgré le monde corrompu,
Ceux qui ne cherchent point si l'on a du génie,
Mais si l'on prêche la vertu.

EXHORTATION.

Faites-vous de Jésus une belle couronne,
Beautés de ces vallons, qui brillez peu, de jours!
Cultivez les vertus qu'il pratiqua toujours;
Que sa noble pudeur partout vous environne;
Que son air recueilli soit vos plus chers atours.
Mettez votre bonheur en Jésus sur la terre;
Ne donnez point à d'autre un cœur qu'il fit pour lui;
Dans ce triste désert qu'il vous serve de père,
De vos pas chancelants qu'il soit le ferme appui.
Donnez-lui votre vie avant qu'elle flétrisse,
Et votre amour plus jeune en sera mieux reçu :
Plus tard il vomirait, ainsi qu'une immondice,
Votre vieux cœur, rebut d'un monde corrompu.
Bonheur d'aimer Dieu seul, que l'ame pure envie,
Toi seul ne connais point les regrets, les douleurs!
Par toi l'on vit sans trouble et sans ignominie,
Et d'un juge sévère on calme les rigueurs!
Oh! oui, n'aimez que Dieu, ne cherchez qu'à lui plaire!
Et vos jours passeront ainsi qu'un beau printemps;
Et lorsque finira le jour qui nous éclaire,
Dans la coupe des saints vous boirez par torrents!

FAUX BONHEUR DES MÉCHANTS.

Les pécheurs, dans leur folle ivresse,
Chantent : que nos jours sont divins !
Tout n'est qu'une sombre tristesse
Loin des plaisirs de nos festins.
Mais heureux qui suit, solitaire,
Des saints le glorieux sentier !
Il jouit dans sa vertu fière
En le foulant du monde entier.

Parce que chez eux l'or abonde,
Que tout sourit dans leurs hôtels,
On les nomme les dieux du monde ;
Leur sort fait envie aux mortels.
Pour toi, que la honte importune,
A qui le vice est odieux,
Tu trouveras une fortune
Dans ton cœur pur et généreux !

Ils chantent les douceurs du crime
Dans leurs ténébreuses chansons ;
Ils blâment l'effort magnanime
De ceux qui veulent être bons ;
Mais en dépit de leur folie
Le sort du juste est seul heureux.
Pour lui sont les fleurs de la vie ;
Il est le favori des cieux.

Leurs plus beaux jours, en apparence,
Sont traversés par le chagrin.
Parmi les ris et l'abondance
L'épine pousse en leur chemin.
Sois bon, prends la vertu pour maître,
Toi qui voyages en ces lieux ;
Tes ans seront tristes peut-être,
Ton tour viendra, chéri des Dieux !

L'impur, dans le même calice,
Boit le plaisir et les douleurs.
Dans la route il sème le vice
Pour cueillir d'éternels malheurs.
Du Ciel l'immortel héritage
N'est point pour ces vils criminels ;
De la vertu c'est le partage :
Ses favoris sont immortels.

Avoir un ami qui nous aime,
Qu'est-ce pour l'homme passager ?
L'on te dit : c'est le bien suprême ;
Mais ne te laisse pas tromper.
Un seul est exempt d'inconstance,
Seul éternel, seul glorieux,
Mets en lui seul ton espérance,
Astre futur du Ciel des cieux !

ERRATA.

Page 22, vers 24, au lieu de *grand* lisez *tout-puissant*.
Page 37, vers 19, au lieu de *du* lisez *des*.
Page 66, vers 16, au lieu de *étnicelantes* lisez *étincelantes*.
Page 70, vers 30, au lieu de *suite* lisez *fuite*.
Page 82, vers 18, au lieu de *Gallilée* lisez *Galilée*.
Page 131, vers 35, au lieu de *œil* lisez *aile*.
Page 142, vers 11, au lieu de *de* lisez *des*.

𝕿𝖆𝖇𝖑𝖊

Des Matières contenues dans ce Volume.

Imp. de QUILLOT, à Agen.

www.ingramcontent.com/pod-product-compliance
Lightning Source LLC
Chambersburg PA
CBHW070847030726
47504CB00005B/1251